阿里阿里

杜文娟

著

辽宁人民出版社

© 杜文娟　2021

图书在版编目（CIP）数据

阿里　阿里 / 杜文娟著 . — 沈阳：辽宁人民出版社，2021.8
ISBN 978-7-205-10205-0

Ⅰ . ①阿… Ⅱ . ①杜… Ⅲ . ①纪实文学—作品集—中国—当代 Ⅳ . ① I25

中国版本图书馆 CIP 数据核字（2021）第 114524 号

出版发行：辽宁人民出版社
　　　　　地址：沈阳市和平区十一纬路 25 号　邮编：110003
　　　　　电话：024-23284321（邮　购）　024-23284324（发行部）
　　　　　传真：024-23284191（发行部）　024-23284304（办公室）
　　　　　http：//www.lnpph.com.cn
印　　刷：北京长宁印刷有限公司天津分公司
幅面尺寸：145mm×210mm
印　　张：7.25
插　　页：4
字　　数：180 千字
出版时间：2021 年 8 月第 1 版
印刷时间：2021 年 8 月第 1 次印刷
责任编辑：赵维宁
助理编辑：段　琼
封面设计：未末美书
版式设计：一诺设计
责任校对：耿　珺
书　　号：ISBN 978-7-205-10205-0

定　　价：48.00 元

◎圣湖玛旁雍错

◎边疆人家

◎古格王国遗址

◎冈仁波齐

◎寺庙佛塔

◎雪山环绕的普兰

◎佛事活动

◎赤德的青稞熟了

◎神山圣湖

◎喜马拉雅

◎羌塘无人区

◎转山

◎萨噶达瓦节

阿里　阿里

世界上没有哪片土地比这里更接近太阳

世界上没有哪座雪山比这里更厚重苍凉

世界上没有哪朵鲜花比这里更神奇妖娆

世界上没有哪张笑脸比这里更灿烂阳光

这里，就是千山之祖、万水之源的阿里

这里，就是亘古无垠、圣洁神圣的阿里

这里，就是人人向往、传说遍野的阿里

这里，就是我深深爱恋魂牵梦萦的阿里

CONTENTS
目　录

第二辑

走进天路，走向天堂的路

第三辑

转山，只为途中与你相见

引子

　　阿里，是一个遥远的名字，也是一个地区的名字。

　　阿里，是一般人需要仰望和叩拜的地方，只有身临其境，将身体和心灵同时融入正午的骄阳、午夜的寒光、七月的飞雪、荒漠的辽远、死亡的威胁，才真正理解，什么叫生命禁区、生的艰难、死的容易；什么叫快乐酣畅、情若霞光、笑声浩荡。

　　戈壁中的小城，以她不可思议的真实存在，连同整个阿里高原上的生灵，生生不息，共同演绎着世间百态、人间冷暖。

　　置身于阿里大地，总有一种虚幻的感觉，分不清哪些是现实、哪些是梦中曾经出现的画面。青天白日之下，思忖良久，竟然想不起自己身处何方，从哪里来、到哪里去，今夕是何年。

　　当我爬上日土县高高的山冈，欣赏古阿里人关于牦牛、岩羊、棕熊岩画和图腾的时候；当我气喘吁吁，穿越时空隧道，沐浴着古格夕阳的时候；当我在班公湖的碧波中荡漾的时候，一眼望去，斑头雁扇动翅膀的地方，就有邻国军队的哨所。诡异和惊艳，令我常常思考：阿里，究竟有怎样的历史？阿里，正面临着怎样的机遇和挑战？阿里的未来，是否像歌中唱的那样，明天会更好？

从拉萨到阿里，其间要翻越众多的雪山、达坂、冰河、无人区。2009年，我第一次去阿里，在拉萨搭乘一辆普通越野车，日出而行，日落而息。就这样，车行六天时间，方才抵达狮泉河镇。即使2011年，拉萨到阿里柏油路全线贯通，高档越野车，日夜兼程，也要两天时间。

阿里这个名字的由来，与战争有关，它有着凄风苦雨、波澜壮阔的历史。

今天的我们，只能从只言片语的记载和口耳相传中，窥探过去。

1950年8月1日，由李狄三率领的中国人民解放军新疆军区独立团一个骑兵连，从塔里木盆地的南缘于田县普鲁村出发，翻越喀喇昆仑山和昆仑山，挺进阿里，正式揭开了解放阿里的序幕。这支队伍，也成为抵达阿里高原的第一批汉族人。1951年8月23日，解放军进驻阿里首府噶大克，完成了解放阿里全境的任务。

李狄三率领的这支队伍，是分别从新疆、青海、西康、云南进军西藏的部队中，最早踏上西藏土地的人民解放军，阿里却是西藏最后一个和平解放的地区。最终，这支由136名勇士组成的进藏先遣连，63人长眠在了阿里高原，用他们的青春和生命，换来了阿里人民的解放。

有人说，阿里当代知名度最高的有三个人，军事史上的李狄三，文化领域的毕淑敏，领导干部的楷模孔繁森。其实，在阿里高原的千年文明史中，各类贤哲达人浩若繁星。苯教祖师辛饶米沃，佛教宣传家米拉日巴，古格王子益西沃，佛界宗师阿底峡，大译经师仁钦桑布，都是阿里星空中最璀璨的星。

昨天，是今天的历史；今天，是明天的历史。许许多多阿里人，江河一样，生命不息。在广袤高远的阿里山上，经幡一样，五彩斑斓，各姿各雅，生机盎然。

随着对阿里的认知，愈加喜欢上了这里的人和事。每一次去阿里，都有新的发现、新的震撼，更加觉得守边固土的重要和祖国领土的神圣。逐渐理解了靠近西亚与南亚之间的这方荒凉之地，为什么顽强地生活着九万子民？这些土生土长的阿里人和外来者，是怎样与恶劣的自然环境抗争，与外来侵扰抗衡，与心灵的孤独和身体的寂寞斗争，简单而快乐地生活在这里？

祝福阿里。

第一辑

用 20 万个长头去梦中的地方

贡保是个命硬的孩子

贡保的故事，应该从十岁说起。

十岁的贡保，骑在一匹瘦骨嶙峋的马的背上，旁边走着阿妈和一个男人。男人是一位康巴汉子，却不是他阿爸。阿爸还在青海湟源老家，阿妈和康巴汉子带他逃跑的时候，阿爸还蒙在鼓里。

炒青稞、糌粑、风干肉、酥油茶都吃完了，阿妈和康巴汉子的脚步愈加蹒跚。最先饿死的是西风中的瘦马，阿妈和康巴汉子不吃马肉，这是藏族人的规矩。躲在阿妈藏袍下的贡保，眼睁睁地看着雪地上的死马，无奈又恐惧。

一行三人，野菜充饥。本来可以捡食藏羚羊的胎盘，但总被秃鹫和大鸟抢先。在饥饿中，终于翻过了唐古拉大雪山。青草萋萋，野花盛开，贡保采了一把明艳的黄花、馨香的紫花，跑到阿妈跟前，想把鲜花递到阿妈手中。阿妈痴痴地望他一眼，伸出手来，没有接住鲜花，而是牵着他粗糙的小手，将他牵到一顶帐篷跟前。

　　帐篷里面和帐篷外面一样，青草萋萋，野花盛开。阿妈和帐篷中的男人嘀咕了几句，男人点点头，递给她一小袋青稞。阿妈提着羊皮袋子，走出帐篷，走向康巴汉子，走进辽阔的草原。

　　草原的尽头，是连绵的雪山。

　　贡保跟在阿妈和康巴汉子后面，跑了很远，跑累了，就不跑了。在两块石头边，他停了下来，低头看那石头。石头在动，石头流着鲜血。他停止了哭泣，仔细看那流血的石头，才发现，会动的石头，原来是自己的一双小脚。

　　他在帐篷前一直眺望。草原由绿变黄，花儿枯萎，暖阳离去，又被大雪覆盖。帐篷的主人总是挤奶，打酥油，做奶酪，杀羊，吃羊肉。陪伴他的只有黑色的牦牛和洁白的羊群。

　　终于，小草从积雪中发出新芽，慢慢长大，每根青草的尖上都挂着一滴晶莹的露珠。露珠里有黄的小菊花、紫的格桑花、绿的雪莲花。一只羊羔迟迟不归，主人让他去寻找离群的羊羔。

　　他向草原尽头走去，远远地，望见一缕炊烟。随了炊烟而去，闻到酥油的清香。几个从青海到拉萨朝圣的人，在此歇息，煮茶野炊。

　　十一岁的少年贡保，踏着朝圣人的脚步，前往拉萨。

　　在拉萨的八廓街上，奇迹般地看见了阿妈。他冷漠地、迟钝地看着自己的阿妈，好一会儿才走到阿妈跟前。阿妈的眼神比他还漠然、冰冷。

　　阿妈在自己肮脏的木碗里捏起一团糌粑，喂给他。对他说，你还活着啊，哪里好，你就到哪里去吧。

从此，贡保的光板皮儿袍子更薄、更破烂了，头上、身上的虱子更多，更肥硕了。

十二岁的贡保进了哲蚌寺，当了小喇嘛。由于吃不饱，逃出寺庙，捉回去以后，被大喇嘛和家丁毒打了一顿，吊在一口干枯的井里。夜里，另一个小喇嘛救出了他，他连夜跑出拉萨城，前往家乡的方向。

千里迢迢，回到湟源的家，阿爸对他早已心灰意懒。

无处可去的贡保，顺着大路，去了兰州。稀里糊涂到了解放兰州的阵地上，被部队收留，当了一名解放军战士。领导派他到西北民族学院学习，老师讲的是汉语，他一句都听不懂。随部队南下四川没多久，一纸调令，乘一架苏联飞机飞到新疆。与他同机的有一位气质高雅的青年，也是青海藏族人，他总算找到了可以说话的人。

这个时候，他还不知道同行者的具体身份，只知道他叫土化瑛。

很快，他就成为李狄三手下的一名战士，随先遣连一起进入藏北地区。因为他年龄最小，大家都很照顾他。缺衣少穿的时候，他也没有受到多少罪。

一次，李狄三要和阿里地方政府代表谈判，几个翻译都病倒了，李狄三心想，贡保是藏族人，会说藏语，就带上他，当首席翻译。结果，他连一句阿里藏语都听不懂。李狄三牺牲以后，阿里全境解放，贡保在战友的血泊中迅速成长，很快成为骨干力量。

由于严格执行毛主席的指示，进军西藏不吃地方，所以连队的供给艰难，物资匮乏。连队开进普兰，已经断粮断炊，只能杀马度日。贡保和几名战士偷偷跑到水磨坊，将房梁和石磨上的灰尘夹杂面粉，舔了一遍又一遍，有三名战士连续饿死。出于无奈，连长带上贡保，充当翻译，去普兰宗本家商谈，愿以当地市场价十倍价钱，购买部分青稞，以度连队饥荒。

他和连长爬上高高的宗本家去借粮，每次都饿得头昏眼花。

宗本说，我们不卖给你们粮食，也是执行你们毛主席的政策，你们有银元，煮银元吃好了。

第十二次空手而归以后，贡保脱下军装，换上藏袍，怀揣手枪，天亮以前，就爬上宗本家所在的山顶。到了宗本家，大门还没有开，就靠在门上打瞌睡。忽然，门"吱呀"一声开了，他顺势倒进宗本家的院子里。仆人认出了他，正要喊叫，枪管已经顶住了仆人的脑袋。贡保一直跑进宗本卧室，宗本正悠闲地喝着酥油茶。

战战兢兢的宗本，被贡保押到山下的连队。连长见他违反了民族政策，闯了大祸，扇了贡保一巴掌。

宗本问贡保，你帮了他，他为啥打你？

贡保用藏语说，连长问我为什么不杀了你。他不说枪毙，因为藏族人不知道枪毙是什么意思。

连长让贡保向宗本道歉。

贡保对宗本说，连长命令，不借粮食，就杀了你。

宗本连连点头，让家丁送来粮食。

连队以13块大洋20斤青稞原粮的价格，买到了青稞和豌豆。

从此，贡保的名声越来越大，头人看见他，都远远地躲开。

然而，贡保被关了三天禁闭。

阿里解放以后，先遣连大部分官兵离开阿里高原，贡保却留了下来。

后来，有人翻出他借粮的老账，给了他一个处分。他把人家大骂一顿。部队把他调到一个没人知道他历史的连队，处分自然去掉。组织上派他去一个县当县长，他不去，要求留在阿里军分区工作，直到1996年离休，军龄47年。因而，他成为西藏自治区军龄最长的藏族军官，职位大校副司令。离休后，可以去成都定居，他也不去，被自治区邀请去拉萨定居，并当选为自治区政协委员。

半个月亮爬上来

半个月亮爬上来

咿啦啦爬上来

为什么我的姑娘不出来

咿啦啦不出来

请你把那纱窗快打开

咿啦啦快打开

再把你那玫瑰摘一朵

轻轻地扔下来

这是西部歌王王洛宾根据西北民歌曲调创作的著名歌曲。

20 世纪 80 年代，他在一封书信里这样写道："30 年前，我为你写了《半个月亮爬上来》，你还是一副布尔什维克的严肃……"

收信人，正是王君植。

我不认识王君植，也不知道她是否还健在人世间，但是我想念她，想跟她说一些女人之间的话。

真的想念她，尤其在阿里。因为，她是阿里高原上第一批女军人，汉族女干部。她的儿子安进军，是阿里高原迎来的第一批汉族小客人。女儿安阿里，是出生在阿里高原上的第一批汉族孩子，也是第一批军人后代。

王君植与阿里有着怎样的联系？她是一个什么样的女人？她的人生之花，是否像那朵玫瑰，艳丽芬芳？

1930 年，王君植出生在山西省临汾地区，山西大学外语系肄业。大学期间，她谈了一场恋爱。

1949 年 6 月，从山西来到陕西华县参军。后来到甘肃，从敦煌向西北，长途行军，穿越茫茫荒漠，到达塔克拉玛干沙漠的南缘。她们在沙漠中迷了路，差点变成了楼兰美女。

1950 年 7 月，在沙漠南缘的且末县，与年长她十七岁的安志明结婚，婚后在新疆军区独立骑兵师政治部当干事，地点在于田县。1951 年 5 月，正当丈夫安志明率领后续部队支援李狄三的先遣连，进军藏北前夕，他们的第一个儿子降生。为纪念安志明出征西藏，为这个孩子取名进军。

1952 年 6 月，二十二岁的王君植，奉南疆军区军长郭鹏的指示，率领先遣连和后续部队 20 多个家属及子女，随骆驼运输队进入阿里。刚满一岁的儿子小进军也在其中。行军途中，作为领队，王君植不仅要与骆驼运输队做好配合，还要管好自己的队伍，尤其是儿童的生命安全。为此，行军伊始，她就宣布了三条纪律：帮助运输队员捆驮子，做饭。大人每天走 15 公里路，小孩可以绑在骆驼背上。高山险路上，不骑骆驼。

翻越达坂时，很多大人和孩子一样，出现了流鼻血、拉肚子、吐白沫的症状，还好，性命全保。经过半个多月的艰苦跋涉和生死历险，终于走出大雪山，来到班公湖畔的日土宗，与久别的夫君安志明相聚。再经过一周行军，到达当时阿里首府噶大克。

雪域高原第一次迎来了女兵和汉族儿童，为蛮荒之地带来了勃勃生机。在噶大克，她带领干部家属进行生产劳动，为建筑房屋工地搬运土坯，为战士缝洗衣服，帮助炊事班轮流做饭。之后还有两批女兵先后到达阿里，她带领女兵学习、训练，嘘寒问暖。

不久，小进军患上了高原病，开始全身浮肿，后来全身腐烂流黄水，最后死去。夫妻俩把儿子埋葬在噶尔河畔的红柳林中。

丈夫安志明于 1952 年 10 月任阿里分工委书记，是阿里地区最高领导。1953 年 7 月，王君植又生了一个女儿，取名阿里。1954 年 10 月，组织上将他们夫妻调至喀什的南疆军区工作。她在军区文工团演出过大型话剧《打击侵略者》。1955 年，南疆军区文工团与新疆军区文工团合并，她被安排在八一子弟学校任教。其间，曾在《新疆日报》发表《阔加老爹》等长篇纪实文学。

1956 年，有人诬告她是国民党特务，判刑两年，被遣送到阿克苏农场劳动改造。从此，很少有人知道她的真实姓名，取而代之的是女特务。与安志明离婚后，女儿安阿里由于无人看管，生活陷入困境。刑满释放后的王君植长期在农场劳动。"文化大革命"期间，老账重算，又被打倒，并被安排与刑满释放人员结婚，生有二子，后因感情不和与其离婚。

1979年，王君植恢复军籍和党籍，1980年转业到阿克苏报社任编辑。其间，写了大量诗歌和回忆录，后离休。王君植一生最大的爱好，是读小说。她还讲一口标准的普通话。当日语教员期间，为当地培养了许多日语人才。

这就是王君植走过的路，一个女人用一寸寸光阴丈量了几十年的路。如果王君植还健在，她应该是耄耋之年的人了。耄耋之人不应该用美丽、漂亮来形容，但在我心中，她不仅漂亮，而且才华横溢。更令我敬佩的是，她有一颗钢铁般的心脏，经历那么多磨难，依然坚强乐观。

每个女人都是一朵花，有人是出淤泥而不染的荷花，有人是雍容华贵的芙蓉，有人是含蓄宁静的幽兰。尽管王洛宾在他的歌中，把王君植与玫瑰联系在一起，我则认为，王君植是一朵冰清玉洁的雪莲花，而且是一朵永不枯萎的雪莲。虽然在她二十四岁时就离开了阿里高原，离开了快乐与痛苦相融的雪域阿里，但依旧没有减弱她雪莲般的气质和品格。

一个女人，如果没有爱情的喂养，可能会不幸福。但一个女人，若因为爱情而蹉跎一生，又会是悲哀的。

王君植的一生，幸福吗？

人是环境的产物，性格决定人。如果没有政治环境影响，在我看来，王君植不管与她生命中出现的任何一个男人生活，她都是幸福的、快乐的、无忧无虑的。

时间老人，却把她安排在了峥嵘岁月。在风起云涌的大海上航行，有谁能享受到安宁？

儿子夭折，没有了丈夫，离开了幼女，被关进监狱，与铁窗为伴，挖空心思写交代材料的时候，她自然意识不到这些。除了悔恨，还是悔恨。

她在悔恨一个男人。

悔恨的，正是学生时代的那场恋爱。

他，是国民党军统的地下情报员，这件事为她多舛的命运埋下了伏笔。

鲜红的领章被撕去了，帽徽被摘掉了，多才多艺、英姿飒爽的女军官，瞬间变成了怪异的女特务，荷枪实弹押送她、审判她的，是她曾经的战友和下属。

世界上所有人，无论男女，无论国籍，无论古今，初恋都是一样的，美好与青涩同在。牢狱中的王君植，思考最多的肯定不是美好。

当仪表堂堂的军官安志明向她伸出爱情之手的时候，她一定是幸福的。他们的婚姻维持了六年时间，在阿里与夫君共同生活的两年时间里，儿子夭折，女儿出生，气候恶劣，生活艰难。从我的角度理解，她痛苦过，也曾快乐过。

因为阿里高原是快乐的天堂。不管是土生土长的藏族人，还是外来者，只要在阿里生活一天，就有这种体会，随着时间的推移，感受愈加强烈。这不仅在于阿里的景色壮观、生活简单，主要是这里的人乐善好施、热情淳朴。多么怪癖固执的人，到了阿里，都温煦可爱，宽厚怜悯。好像喀喇昆仑山和昆仑山是两块精良的磨刀石，再锋利的刀剑，只要越过，就会棱角锐减、圆滑温润。

有时候，我会突发奇想，如果曹海林、土化瑛、王君植，这些解放和建设阿里的功臣，在历次政治运动中，像贡保一样，生活、工作在阿里，是否会幸免于难？或者，受到的冲击是否会弱一些？

生活在这样的环境，王君植会发现自己的价值，一个懂得价值和利用价值的人，是忙碌的。况且，这个时期的夫君，一定是疼爱她的、珍惜她的、呵护她的。她一定也是欢喜的、甜蜜的、依恋的。经历长期战争和居无定所的男人，谁不渴望有一个安稳的家庭和一个漂亮贤惠的妻子？王君植符合一个好妻子的所有条件。

当她离开阿里，直到生命的黄昏，无论在七尺牢狱，还是在塔里木盆地边缘劳动改造，她一定会想起阿里，想起清澈的噶尔河水，粉红的六月红柳花，热情的藏族百姓。当然，长眠在阿里高原的儿子进军，是她思念的源泉。

她的一生都在思念。

生活不会因为思念而停止脚步。她的第二任丈夫，同她一样，是一位多才多艺的人。两人经常合作《苏三起解》，但两人还是没有牵手到老。受到严格控制的王君植，喜欢演唱这出家乡的戏曲，内心的压抑和不屈，可见一斑。

坎坷一生的王君植，怎么会成为王洛宾的抒情对象呢？

血色岁月，也有浪漫。

从阿里随丈夫回到喀什的王君植，调到南疆军区文工团工作，与她一起共事的还有在押犯王洛宾。王洛宾因为曾经当过国民党高级将领马步芳的剧团的音乐教官而入狱。出于参加部队文艺汇演需要加强创作力量的考虑，南疆军区文工团才把王洛宾要来。

一次下部队演出，路上休息时，她惊讶地发现，王洛宾在织毛衣。他们聊了起来。王洛宾告诉她，在窑上打砖，手变得粗糙，手指不灵活，织毛衣，可以使手指灵活。

不多久，王君植送给王洛宾一双手套，她知道，一双弹琴、作曲的手需要保护。

此时的王洛宾，正处在人生低谷，是一个在押罪犯，"历史反革命"。正在上演的作品是他用心血浇灌而成的，可他无权进入剧场。欢声雷动的掌声是别人的，获奖是别人的，伴随他的，只有清冷的月亮和无限的孤独。

不远的地方，就是女团员宿舍。宿舍里有些灯光，王君植就住在那里。她是军区副参谋长安志明的妻子，而他，则是一位狼狈的"反革命"。

月光皓洁，半个月亮，清风习习重凄凉，手套就在身旁，一道灵光划过长夜。

半个月亮爬上来

照着我的姑娘梳妆台

请你把那纱窗快打开

再把你那玫瑰摘一朵

轻轻地扔下来

任务完成以后，他被押往一个更加森严的监狱。他想，她一定很好，肯定很好，应该很好，因为她是一个善良的好姑娘。

可是她不好，一点都不好。她跟他一样，失去了人生最重要的权利——自由。

直到两鬓染上了白霜，获得了新生，才在乌鲁木齐的老战友聚会上相见。

两双手紧紧握在一起，战友们极力主张他们走到一起。王洛宾笑了，王君植却笑不出来。王洛宾骑上自行车，在乌鲁木齐的绿荫中，行了很远很远，就为等她一句话。

王君植却不能接受这份情感。

多年以后，有人问她为什么不接受王洛宾的时候。她说，因为孩子身体不好，需要花很多钱，她怕拖累王洛宾。

这就是王君植的情感世界。

尽管她的人生只有半个月亮，但这半个月亮，是世界上最芬芳、最亮丽、最清雅、最浪漫的月亮。

出生在羊圈里的洛年赤烈

5 月的拉萨多么温婉。

所有的植物都喜眉活目，杨树、柏树、柳树、龙爪槐，争相展颜。不知名的灌木，逶迤在公路两侧，每一粒芽尖与芽尖之间，怀春的少女一般，羞羞答答，躲躲闪闪地开着一枚小花，小花是嫩黄的、鹅黄的、含蓄的、润洁的、馨香的那种，娇贵得如初恋的轻吻。

从拉萨河谷吹来的风，如果稍微用力一点点，那花儿一定会忧伤、哀怨、褪色。

我和一位老人坐在宗角禄康公园的晨光里，清香一缕缕飘来。回眸顾盼，那花儿是稚白的、绿白的、粉白的、素雅的苹果花。稍远一点，稍高一点，就是雄伟壮观的布达拉宫。红白相间的宫殿，在鸟语花香的和悦中，新奇、亲近、活力四射。转经的人们渐行渐远，桑烟淡淡，缥缥纱纱。

老人的额头上，有一道隐约的疤痕，棕色的藏式礼帽右侧，插着一支蓝黑相间的孔雀羽毛，微微颔首，明媚可爱。老人随身带一杯清茶，跟我说一阵话，就要喝一口，站起身，活动一下筋骨，歇息一会儿。

他说，如果太累，心脏就会找他麻烦。

洛年赤烈，不是老人的真名，而是他在措勤县当电影放映员时，别人给他取的外号。他的真实名字叫赤烈塔尔沁。他没有姓，只有名字，这一点，和众多普通藏族人一样。

从阿里地区政协副主席岗位上退休的他，和老伴住在拉萨河中间的仙足岛居民区。平日里，整理一些阿里历史文化方面的资料，轻松快乐，颐养天年。

赤烈塔尔沁出生在羊圈里。出生的时候，母亲也不知道父亲在哪里。他不知道自己是什么时候来到这个世界的，母亲说，明天就收青稞了。他就给自己定了出生时间，1949年10月1日。

后来，听人说父亲也是一个牧民，在家乡日土县好像出了点麻烦，领着一个日土女人去了印度，在印度待了没几年又跑回西藏，在札达县跟另一个女人生了好几个孩子。他工作以后，父亲和他与母亲相约，在狮泉河镇见过一面。父亲对母亲和他说了好多个对不起，母亲不理睬他，还是接收了父亲二三十元钱的馈赠。从此以后，父亲像神话一样，再也没有在生活中出现过。

妹妹是母亲和另一个男人生的。那个男人也像流星一样，划过母亲的天空，再也没有闪现。

赤烈塔尔沁和妹妹享受到的父爱，是继父给他们的。赤烈长到四五岁的时候，才有了继父，继父和母亲并没有生育子女。

母亲还是一个小女孩的时候，就和自己的弟弟从很远很远的牧区来到日土村。日土村离日土县城只有几公里，从新疆到拉达克再到拉萨的人，都会从这里经过。母亲的弟弟被拉萨过来的羊皮贩子领走了，领走以后，再无音信。母亲靠给一个老太太放羊度日。母亲名叫尼玛，尼玛是太阳的意思。因为放羊放得好，被远近的人称为"放羊尼玛"。

母亲生下他以后，还是天天放羊，老太太看管他，怕他乱跑，用一根羊毛线绳拴住他。小小的他，还是把牦牛粪炉子碰翻了，额头上就此烙下了疤痕。

六岁左右的时候，他进了寺庙，当了扎巴。因为记忆力超常，经文背得流畅快捷，比他大的喇嘛都很喜欢他。民主改革以后，宗教自由，不想当喇嘛的人可以回家。恰在这个时候，日土县成立了小学，他就还俗，上了三四年的小学。

母亲放羊，继父给兵站打地基、和泥、打土坯，修房建屋，每次从兵站背回一袋新疆面粉，一家人就非常高兴。新疆面粉比拉达克的面粉精细得多，烙出的饼子松脆可口。

他在艰苦快乐的环境中，很快长成了一个少年。

少年时期的赤烈塔尔沁，放马、骑马、抓马、套马样样精通。这个时候，家里已经有二三十匹马了。牧场离班公湖不远，属于环湖草原，水草丰美，牛肥马壮。寺庙的牛羊和马匹有专人放养，县政府没有牦牛和羊群，只有马匹，也有专人放养。他经常帮县政府的人放马、抓马，但他害怕冬天抓马。冬天的风鞭子一样抽在身上，鼻子、脸庞、耳朵冻得僵硬，嘴冻得说不出话，手冻得抓不住马缰绳。

一天下午，县政府捎来口信，让他第二天抓十几匹马送到县城，干部们要骑马下乡。他起了一个大早，把马送到县政府。在县政府，他看见干部们穿着棉衣棉裤，脚穿毡靴，头戴皮帽子，有的还穿着皮大衣。他穿一件线衣、一件布藏袍、一条单裤，戴一顶解放帽，脚上的胶鞋裂了口子，手上的冻疮还在流血，握不紧拳头。姓胡的县长见他冻得发抖，递给他一支香烟，他手指冻得夹不住香烟。县长让他到自己的房间烤火取暖，还给他端来一碗细虫子一样的食物。他害怕极了，不敢吃。香味诱使他吃了一口，又吃了一口，然后，呼啦啦几口吃完。很长时间以后，他才知道那是面条。这是他长到十多岁第一次吃面条，只记得好吃，不记得味道。

那个时候，不但赤烈没有吃过面条，吃惯了羊肉牛奶的牧民，很多人也没有见过大米白面，连青稞也很少吃到。赤烈工作以后，随工作组下乡，为牧民送去青稞。大人在锅里炒青稞，发出噼噼啪啪的响声，小孩听惯了羊咩马嘶，从来没有听过炒青稞的声音，大哭大叫，跑出帐篷。牧羊犬也没有听过这种声音，跟着小孩一起狂叫。

县长问他愿不愿意到县政府工作，给县政府放马、送信、做饭。他高兴地跑回家，母亲和继父跟他一样高兴。母亲给了他一只小木箱、一个木碗、两个卡垫。两个卡垫拼在一起，刚好一人长，白天当坐垫，晚上当褥子。

从此，无论走到哪里，小木箱和木碗一直伴随着他。

工作以后，他经常下乡。那个时候，不管在边境村落，还是离边境远一些的地方，晚上都要轮流站岗放哨。同事们照顾他，让他站头一班岗，也就是天刚黑的那一班。半夜和后半夜由同事站岗。腰上挂三枚手榴弹，背一支冲锋枪，长长的枪杆比他头还高。站在漆黑的夜里，冷风飕飕，总觉得身后有人。抖着身子，转过身去，什么也没有。不一会儿，又觉得身后有动静，除了狂风，漆黑一片。一个班，两个小时，他把自己转成了绵软的羔羊。

随着下乡次数的增多，站岗成了家常便饭，就是后半夜，他也精神抖擞，胆子越来越大。

藏族人忌讳杀生，为了改善生活，不得不打一些猎物。当时，每个机关干部都配枪，他的枪没有准星，借来老乡的枪，瞄准一头藏野驴。只一枪，野驴就中弹了，趔趄一下，依然奔跑。赤烈跃马追赶，甩出套绳，勒紧野驴的脖子，野驴口吐白沫，倒地而亡。掏出随身佩戴的藏刀，在内脏和体温的氤氲中，剥皮去骨，割下精肉，装进羊皮口袋，驮上马背，唱着牧歌，满载而归。

尽管有猎物补充，还是有饿肚子的时候。一次下乡，饿得实在受不了，他和一名同事商量，进一家大帐篷，不管吃了什么，坚决不说出去。两人吃了羊肉，喝了酥油茶，放了钱离开。

在牧区，高大宽敞的帐篷是有钱人家的帐篷，一般用牦牛毛或羊毛编织而成。穷人家都是低矮黑暗的小帐篷，用野驴、黄羊、长角羊等兽皮缝制而成。工作组下乡，只准进穷人家的帐篷，不能进大帐篷。

领导狠狠地批评了他俩。领导是汉族人，讲的是汉语，赤烈不懂汉语，看着同事痛苦难受的表情，才知道闯了大祸。

那个时候对工作组要求很严格，汉族干部不习惯吃糌粑、风干肉，好不容易吃到豆面或炒青稞，由于海拔高，肠胃随时鼓胀，一吃这些食物，就放屁。藏族人忌讳在人群中放屁，一位干部开会的时候，放了响屁，被停职检查，认为违反了党的民族宗教政策。

当他长成一个健壮的小伙子时，当了一名小学老师。一所学校，就他一个老师。一个老师教一名学生。半年以后，有六七个学生。

后来，他觉得整天跟几个孩子混在一起，没有多大意思。在县城，他看了一场电影，觉得放电影很快乐，就要求当电影放映员。那个时候，措勤县刚从改则县分出去，需要一批干部。一位叫拉巴次仁的领导把他从日土县借到措勤县，说好借期，长则一年，短则半年。

如愿以偿，他当上了电影放映员。从改则县找来柴油发电机，从地区狮泉河镇找来放映机和广播喇叭，既放电影，又放广播。放电影不定期，广播每天一早一晚必须得放。为了提高播音质量，让听众获得更多信息，他把收音机对准扩音机，再广播出去。

当时的措勤，全县人口四五千人，县城只有两三百人，整个县城机关，只有四排土坯平房，每排十间。

新影片一到，先在县城放映。县城放完以后，把设备往马背上一驮，骑上马到牧区。还没走到牧民的帐篷跟前，就有人迎出来，端出青稞酒，捧上酥油茶，帮他牵马喂料，绑扎电影银幕，摇动发电机发电。刚开始，牧民盯着放映机看，不看银幕，后来，才明白过来。电影放到一半，一阵风起，银幕吹到草原上，追着风找回银幕。风小一点的时候，接着再放。

牧民居住的比较分散，每户之间相距二三十公里。每到一户人家，都要放几部影片，有时候只有两三个观众，也要放。《地道战》《地雷战》《闪闪的红星》，放的次数最多。牧民最喜欢看纪录片，纪录片一放，毛主席就出现了，牧民就拍巴掌，就用汉语大声喊叫毛主席、毛主席。拍得手都捏不住糌粑，端不稳木碗，还是一个劲地拍巴掌。

千百年来，藏北牧区终于有人主动说汉语，最先学会的汉语，就是毛主席好、共产党好。

赤烈塔尔沁走到哪里，电影就放到哪里，掌声就响到哪里。牧民见他远远走来，都欢喜得大呼小叫：洛年赤烈来了！洛年赤烈来了！

洛年，在藏语中是电影的意思。电影赤烈，就此得名。

他一下乡，县城的广播就不那么悦耳，不那么按时按点播放了。久而久之，县城的广播歌声嘹亮，字正腔圆，时间准确，大家就知道电影赤烈回来了。

措勤县人口少，县城男女比例严重失调，三四十个男人，比两三个女人。长得再丑、年龄再大的女人，在措勤都能找到丈夫。一个女孩子还没有分配到单位上班，就有人知道她姓甚名谁，是否婚配；就有人早早地等在路口，帮她拿行李，烧热水；还有人写好几大张情书，用尽所有热情华美的文字，就为博得女孩的芳心。直到现在，措勤县资深单身汉还有很多。

青年赤烈塔尔沁没费多少周折，就找到了一位美丽的藏族姑娘。女孩是一位机关干部的妹妹，给措勤的哥哥家看孩子。成为赤烈的妻子以后，快乐和磨难随之而来。

赤烈塔尔沁和妻子生活了几十年，共有四个孩子。其中一个流产，一个生下来一个月以后夭折。活下来的两个儿子，至今在阿里工作和生活。

大儿子出生的时候，难产。羊水破了，孩子还是生不出来，妻子痛得死去活来。赤烈塔尔沁急得团团转，毫无办法。就在他几近绝望的时候，一辆解放牌汽车停到县政府的平房前。原来，北京来的医疗队从牧区巡回义诊到县城了，车上还有一位改则县的麻醉医生。医生边吃饭，边给器械消毒，吃完饭，立即手术。

为妻子接生的是一位北京来的大胡子男医生。赤烈塔尔沁请他为大胖儿子取名字，大胡子医生为孩子取名京松。这一天，是1976年8月1日。

小儿子罗布次仁出生的时候，更是惊心动魄。依然是难产，找不到接生的医生，赤烈请县上发电报，四处求助。

电报发到邻县改则。回复，有人，无车。

电报发到阿里地区。回复，有人，无车。

电报发到相邻的日喀则地区，没有得到及时回复。

第二天，日喀则行署司机洛桑无意间看到这封电报，找到行署管文教卫生的副专员，说明此事。领导让他从车库开出一辆崭新的北京吉普，带上一位医生和一位麻醉师，连夜赶路。从日喀则地区到措勤县城六百多公里，行驶十多个小时以后，在赤烈家的门前戛然而止。洛桑问他难产的妇女住在哪里，焦急不安的赤烈，感觉像是电影中的画面，跟现实毫不相关。

女医生卓嘎，把幼小的生命放进他怀抱的时候，他才完全清醒，请卓嘎医生为儿子取名。儿子便有了一个吉祥的名字，罗布次仁。罗布的藏语意思是宝贝，次仁是长寿的意思。

宝贝长寿的罗布次仁，没有辜负父母和众人的期望，高中毕业以后，考上了内地的大学，大学毕业回到家乡阿里工作。

离开阿里到内地上大学的时候，赤烈拿出了家里珍藏多年的好酒，招待新朋老友。现已退休回北京和陕西安度晚年的王惠生、任富山，以及当时在阿里考察古格王国遗址的宗同昌，都喝过那次酒。念及那场喜宴，老人们欲言又止，无限眷恋。

2007 年 3 月的一天，赤烈一天一夜跟小儿子都联系不上，眼皮跳得厉害，心慌难耐。

罗布次仁从拉萨开完会回阿里途中，遭遇大雪，气温陡降，道路堵塞，车辆无法前进。如果待在车上，只会冻死、饿死。同车的四个人只能下车，结伴向十多公里以外的兵站走去。罗布次仁和一个康巴人穿的是单皮鞋，走到兵站的时候，双脚已经失去知觉。

救援的人把罗布次仁送到拉萨市西藏军区总医院，十个脚趾已经变黑。医生建议截趾，一家人无法接受。转院到北京，希望能挽留住儿子的双脚。在北京，儿子的十个脚趾还是被截去了。在北京陪护儿子期间，由于焦虑过度，赤烈患上了心脏病。

苹果花香再次袭来，布达拉宫高高在上。

赤烈老人喝了一口清茶，叹一口气。用低沉的声音告诉我，这一生，最难受的事，就是儿子罗布的残疾。

然后，又喝一口清茶，稍微舒缓一些。

他说，所幸的是，罗布现在生活得还不错，已经成家，有一个和睦的小家庭。

休息了一会儿，赤烈塔尔沁又开始了讲述。

原来说好，措勤县借他多则一年，少则半年，这一借就是14年。14年里，他曾到中央民族大学进修过一年。他也从一名备受欢迎的电影放映员，成长为县文教卫生科长，再到副县长。后来，组织上调他到革吉县当县长，他坚决不去，说自己的理论水平低，怕干不好工作，误了全县的大事，但最后还是走马上任。

一次开领导干部大会，他跟专员拉巴次仁大吵起来。拉巴专员就是借调他到措勤工作的领导，生活中，他们是很好的朋友。

大吵的原因，是地区给革吉县制定的羊毛羊绒指标过高，县长赤烈怀疑地区计算错了。经过核实，确实计算错误。

讲到这里，他哈哈大笑，轻松欢畅。我也跟着他大笑不止。

他继续说，现在，西藏遇到了好时候，比任何时代、任何祖辈都好的时候。那么多人关心西藏，支持西藏，是西藏祖祖辈辈千百年来修得的福气。

这个时候，我仰望蓝天，看见太阳高高地挂在天空，整个布达拉宫都陶醉在和煦的阳光中。

一个小男孩，笑眯眯地从我们身边经过，蹒跚而去。后面，跟着一位老年妇女，倾斜着身子，向着孩子的方向，伸出一只手，满心欢喜，并高一声、低一声说着什么。

那些语言是我听不懂的藏语，我却快乐无比。

推开窗户就能摘到苹果

1946 年 11 月，扎西出生在日土县多玛乡，这里是纯牧区，一家与一家之间相距好几十公里。

扎西是家里的老大，父母一共生了九个孩子，存活七个。

留在扎西记忆中最早的事，是土匪和红汉人的故事。

一天，扎西随父母在河谷地带的夏牧场听喇嘛讲经，有人说乌斯曼土匪从新疆和田跑到日土来了。大家赶着牦牛、羊群和马匹往山上跑，在山上待了几天，没有动静，就想回牧场。路上遇到一群土匪，这群土匪不伤人，用他们在别处抢来的牲畜交换当地牧民的牲畜。

由于土匪长途跋涉，无力饲养牲畜，牛羊大多瘦弱困乏。土匪用一只弱羊换牧民一只好羊，用一匹弱马换一匹好马，一头弱骆驼换一头好牦牛。土匪走的时候，给他们指路，让他们向东边方向逃跑，不要向南去。后来才知道，这群土匪主要在东边方向活动，另一群土匪在南边。南边的土匪四处抢掠，糟蹋妇女，以至于放牧点到处散落着妇女头上的绿松石、红珊瑚。

又过了几天，听说红汉人来了。红汉人是藏族人对红军和汉族人的模糊称呼。

红汉人从新疆赶往藏北改则县的扎麻芒保。李狄三带领的进藏先遣连就驻扎在那里，但李狄三已经牺牲。解放军的后续部队总指挥安志明，带领先遣连能走动的战士和自己的部下去别处执行任务了，留在扎麻芒保的，全是病残虚弱的战士。

土匪来袭，战士们直不起腰板，爬不上马背，就相互搀扶，把对方捆绑在马背上。打马奔跑，开枪射击，追赶土匪。冷风刺骨，月清星寒。土匪被赶跑了，有的战士战死于马背，尸骨冻僵。有的战士腿脚、耳鼻冻伤，终生残疾。

红汉人赶跑了土匪，把土匪抢走的一万多头牲畜归拢在一起，让牧民认领。牧民往牲畜堆里一站，散乱的牦牛、羊、马都找到了自己的头领，围拢到主人身旁，被牧民领走。这件事，飓风一样，吹遍了整个藏北，大家口耳相传，杀牛宰羊，喝酒庆贺，都说红汉人是救命的菩萨。

再后来，喇嘛说，这些红汉人叫共产军。

雪线升高，冰雪融化，冰湖解冻的时候，小羊倌扎西就会看见长长的骆驼运输队，从新疆方向逶迤而来，向噶大克方向而去。见多识广的喇嘛又说，这是共产军给驻守在阿里的部队官兵运送生活用品。

扎西七岁开始放羊，放的是小羊，九岁放大羊。这个时候，全家六口人，父母和四个孩子，其他几个兄妹还没出生。家里有23只羊、3头牦牛。酸奶和牛羊肉不够吃的时候，父亲会打一些野驴、藏羚羊、大头羊、野牦牛。打回的猎物够吃就行，不会囤积。

十二岁的扎西给牲口多、劳力少的人家放羊，有时候放一两个月，有时候放半年。主人家管吃管住，每个月给扎西家两三升青稞。

扎西小的时候，跟父母睡在帐篷里。那个时候，每户人家几乎只有一顶帐篷，人多了就不够住。放羊以后，就睡羊圈，吃饭的时候才进帐篷。一件皮袍子，白天放羊的时候当衣服穿；晚上睡觉，身体一缩，权当被子。枕头就是靴子，枕头不够高，扒拉一些羊粪垫高就可以了。

和羊睡在一起，非常暖和，还可以看见满天的星星，清凉的月牙儿，皓洁的满月。一觉醒来，大地一片洁白，头上身上落满雪花。眨巴几下眼睛，睫毛上的雪花就掉了。摇一摇身子，摆一摆头，抖落身上头上的积雪。将冻得发麻的手伸进羊的大腿下面，暖和一阵，把羊赶出圈，继续放羊。如果遇上下雨，羊粪被雨水打湿，散发着难闻的味道，躺在潮湿的羊粪上，就唱不出好听的歌儿。

羊圈，也是虱子的乐园。小家伙不分白天黑夜，忙忙碌碌，没完没了，叮咬得扎西心烦意乱。为了减轻虱子叮咬，将羊毛卷成小团，塞进腋窝和裆部，虱子喜热不喜凉，第二天羊毛团里钻满了虱子，扔进雪堆，集体殉葬。

虱子少了，羊羔又一蹦一跳爬上肚皮，嬉闹玩耍。刚进入梦乡，小蹄子踩进嘴里，想骂都骂不出声来。扎西不怕这些，扎西怕的是半夜狼群袭击羊圈。

羊被狼叼走，瞬间就咬断脖子，撕开羊皮，吃掉羊肉和心脏。十分钟不到，一只活蹦乱跳的羊，只剩下骨头架子和不喜欢吃的内脏，还有血肉模糊的羊头羊皮。遇到这种事情，父母和羊主人都不会说什么，对扎西依然很友好。

一天中午，他和母亲正在放牧，他放的是羊，母亲放的是牦牛。一阵奇怪的声音由远而近。放眼去看，蓝天白云，雪山依然。奇怪的声音越来越大，以为是印度的飞机，丢下牛羊，撒腿就跑。跑出很远，回头张望。地平线上，几个怪模怪样的东西在快速移动。

依然是见多识广的喇嘛告诉他们，那些会跑的怪物叫汽车。解放军修通了新疆到阿里的公路。

从此以后，扎西再也没有看见浩浩荡荡的骆驼运输队，取而代之的是汽车。

喜欢新奇事物的扎西，只要听见汽车的声音，就往公路边上跑，有时候五六辆车，有时候十多辆。身穿黄色军装的司机，扔给他三颗水果糖、两个冷馒头、一个馕饼。久而久之，肚子一饿，就往公路边上跑，每一次，都有收获。多玛兵站建起来以后，就成了他玩耍的主要场所。

兵站没有帐篷，而是房屋，房屋竟然可以住人。这一发现令他兴奋不已，绕着兵站前后左右转了几圈，这是他第一次看见房屋。

兵站也养马，解放军外出巡逻的时候经常骑马，他也帮着兵站放马。

一天清晨，太阳还没有照到雪线上，他就被羊羔闹醒了。正要赶着羊群到牧场，就发现多玛沟里，天外来客般地停了各式各样的车辆，小汽车、大卡车、救护车、工程车，多得数都数不清，还有好多好多的人。扎西第一次见到这么多车、这么多人。

长大以后，回忆起来，那应该有2000多人。那些军人和车辆，应该在执行剿匪任务。

彩霞在天边展示着艳丽，月亮已经升起来了，空气明净，轻风拂面。赶着羊群正往家走，就有人来叫他，让他赶紧回家。

帐篷里的卡垫上坐着六个人，全都穿着蓝色制服，其中有一个女人。母亲腼腆地给每人面前的木碗里续着酥油茶，父亲告诉他说，这是工作组。扎西才知道，汉族人不只穿黄色衣服，也穿蓝色衣服。怪不得藏族人称解放军为红汉人，称工作组为蓝汉人。

六个人里，只有一个是汉族干部，五个人和他一样，是藏族人，说着他听得懂的话。他们衣着整齐，笑容可掬，拿出画报给他看，说内地的楼房比雪山还高，汽车比山羊、绵羊、牦牛加起来还多，推开窗户就能摘到苹果。

听到这里的时候，他的喉结动了一下。苹果，他吃过的，在兵站，解放军叔叔给他吃过。比女孩脸蛋还光洁红艳的苹果，是他吃到的最香甜的食物。风干肉、糌粑、酸奶、奶渣，都没有苹果香甜。

推开窗户摘苹果。他嘀咕着。

兵站的叔叔曾经对他说，内地才有苹果树，苹果长在树上。但他不知道什么是树。

推开窗户就能摘到苹果，这是一件多么奇妙的事啊。

到哪里摘苹果？这一次，他的声音提高了许多，也干脆了许多。

内地，只要你愿意到内地去上学。

没过几天，他就和 60 多个孩子一起，乘上三辆大卡车出发了。部队的汽车护送着三辆学生车。车前车后，都架着机关枪。从噶大克启程，翻越喀喇昆仑山，沿塔里木盆地向北，前往乌鲁木齐。快到叶城的时候，终于见到了树，见到了多多的房子、多多的人。那些人跟他们长相不同、语言不同。

在乌鲁木齐，进到一长排房子里，房子呼啸前进。几天几夜，吃住都在房子里。他从唧唧喳喳的声音中，挑选出了一个新鲜的名词，火车。

火车送他们到了一个生长苹果的地方，好多次，他推开窗户，真的摘到了苹果。

那个地方，叫陕西咸阳西藏民族学院。他在这所既讲藏语又讲汉语的学校里，完成了学业。

就在扎西和众多伙伴为学不懂汉语而烦恼的时候，中印战争爆发，家乡日土成为战场之一。当他在广播里听到枪声和炮火声的时候，就大喊大叫，按捺不住自己的情绪。同学们纷纷要求回到家乡，拿枪参战，保家卫国，被老师劝阻了。

离开家乡到内地上学的时候，家里只有四姊妹，毕业回家的时候，多了三个弟弟妹妹。二十多岁的扎西，依然和弟弟妹妹睡在羊圈里。星星依然清丽，月光依然娇媚，虱子照样叮咬，羊羔依旧调皮，狼群依旧凶猛。

他被分配到札达县萨让区当了一名小学教师。萨让离县城有三天的马程。最初，学校有两位老师、20多名学生，后来人数逐渐增多。汉语、藏语、音乐、绘画，每样课都教。校舍是领主曾经住过的房子。

红柳发芽的时候，英俊的青年教师扎西，把唯一的同事发展成为自己的妻子，学校成了名副其实的大家庭。

学校没有桌凳，就在土块石头上垫一张羊皮，当桌凳。没有纸笔，给木板上涂上菜油，油还没干的时候，再涂上锅底灰。木板干爽以后，往木板上撒上炉灰，用细树枝在上面写字。每人一块，反复使用。没有教科书，自己编印，抄写。学校毕业生，大多成为乡村会计和小学老师，有的还考上了内地学校，学有所成。

1980年，大批汉族干部内调，技术干部奇缺，机关工作运转失灵。有人想起了他，一辆汽车，把他从萨让拉到札达县政府。上车以前，他正和学生在打过冬的柴火。

尽管扎西后来当过县长，为阿里修过地方志，最令他骄傲的，还是八年教师生涯。他说，那八年，的的确确为札达县培养了许多识字的人。在阿里，要教会一个识字的人、会说汉话的人，跟上大学一样难。

扎西一家，如今住在拉萨市北郊的一幢别墅里，嫩绿的核桃树叶伸进窗内，小鸟在枝叶间飞来飞去。

　　偶尔，孙子递给他苹果的时候，爷孙俩都会笑出声来。笑声飘出窗外，飘过枝繁叶茂的庭院，飘向拉萨河的方向。

灵魂不死

故乡朗久那蔚蓝的天空、洁白的云朵、陡峭的崖壁、芬芳的牛羊粪味、冬暖夏凉的牦牛帐篷，是牧民独有的生活环境和生活境界。这一切，令牧人如痴如醉，心魄荡漾。长大了的朗久人，无论何时何地，对家乡广袤草原上的牧童经历和快乐生活，永远铭记。

这是次仁加布描写自己家乡朗久的文字，出自他的汉文著作《阿里史话》。

朗久，是噶尔县左左乡一个普通的村子。以前，左左乡曾设区，唤左左区。离狮泉河镇两个多小时的车程，属于人烟稀少的牧区。

据我的了解和观察，这里冬季漫长，夏季短暂。整个冬天，大地被厚厚的积雪覆盖。风雪大一些的时候，牛羊啃食不到地上的浅草，就会被冻死、饿死。七月草绿，八月草黄，九月下雪，是阿里高原的普遍现象。朗久的草原并不肥美，有的地方裸露着光秃秃的荒沙。

朗久，并没有次仁加布文章中描写的那样适合人居。但我依然相信次仁加布的真诚和感情。

有谁会指责一个儿子对母亲的热爱呢？

次仁加布是西藏民主改革以后，出生在阿里高原的第一代知识分子。在他以前，有从奴隶到高级记者、摄影家的才龙。在他以后，有范长江新闻奖获得者益西加措等。

次仁加布，连同他的八个兄妹，不仅是朗久的奇迹，还成为整个阿里高原的传奇。

西藏人，喜欢在高高的山口垒建起雄伟壮观的拉布泽，放上牦牛等动物的犄角，堆上玛尼石，插上风马旗、经幡。

风马旗，也叫祈愿旗，象征着天、地、人、畜祥和。色彩缤纷的旗面上，印有密密麻麻的藏文咒语、经文、佛像、吉祥物图形。五彩的经幡，象征着地、水、风、火、空，也象征着金、木、水、火、土五行。

路人从此经过，绕拉布泽一周，双手合十，念念有词。开车的司机从此经过，口中发出嗦嗦声，扬起风马，随风而去，保佑平安。

拉布泽，是群山的高度，也是藏族人心中的高度。次仁加布一家，受到远近百姓敬重，成为朗久名副其实的拉布泽。

次仁加布的父母一生共生育了九个孩子，其中五个男孩、四个女孩。两个女孩嫁给牧民，最小的儿子多木旦在家放牧，其余六兄妹先后参加工作，成为政府高级官员、著名学者、成功商人。

从一家人的名字，可以看出这个家庭没有一点贵族血统，属于地地道道的普通牧民。藏族人有用星期几给孩子取名的说法，名字大多由喇嘛命名。

星期一，达娃，月亮的意思。星期二，米玛。星期三，拉巴。星期四，普布。星期五，巴桑。星期六，边巴。星期天，尼玛，太阳的意思。

次仁加布的父亲叫强巴，母亲叫拉姆次仁。西藏和平解放之前，这对年轻的牧民夫妻过着几乎与世隔绝的生活。父亲给别人家放羊、抓马、找牛、转场搬家。母亲和孩子们给自家放牧，维持生计。家里只有一顶黑帐篷，父母和小一点的孩子睡帐篷。母亲一旦生下更小的孩子，大一点的孩子就跟哥哥姐姐一起，挤在羊圈里睡觉。直到孩子们长大外出工作，有了固定的睡觉地方，就不再睡羊圈了。

次仁加布的两个姐姐，第二天出嫁当新娘，头一天晚上，还和兄弟姐妹一起，挤在一件藏袍里，睡在羊圈里数星星。当了妇女干部的大姐多吉卓玛，在最初的几年里，睡在公家的软床上，眼睛睁得大大的，睡不着觉。原因是没有星星可看，没有羊粪的芳香。

牧民家的帐篷是不上锁的，也没有门可以上锁，次仁加布家更没有值得锁住的宝物。尽管家里贫穷，每次回家，发现家里的糌粑、牛羊肉、酥油茶，被过路人或朝圣者吃掉，父母就非常高兴。

祖国疆域辽阔，即使在偏远的牧区，也和内地一样，经历着比较大的社会变革。

家里的牦牛和绵羊、山羊，有一阵子归了公家，集中在一起，集体放牧。想吃肉了，望着活蹦乱跳的牛羊发呆，也不能随便宰杀。早上放出去多少只羊，晚上回来如果变少，就会扣工分。所以，孩子从小练就了数牛羊的本领。过了几年，牛羊还没有老死，又包产到户了，各家的牛羊归各家放养，吃肉卖皮，自家做主。

家里的佛龛上，原本供着一卷经书，怕被人抄走，被父亲偷偷藏到玛尼石堆里，后来下落不明。一个舅舅家里牛羊多一些，被人揪到人多的地方，打掉牙齿，扯掉头发。

1994 年，父亲因肝病去世。母亲在 2006 年，无疾而终。按照次仁加布的说法，母亲一生没有吃过蔬菜水果，也活到了八十九岁高龄。

目前，留在朗久村的只有最小的弟弟多木旦，四十岁出头。离两个姐姐家的牧场，骑马需要半天时间。

次仁加布，是九兄妹中的第七个孩子。

老大叫洛桑。小时候因为不慎掉进火堆，落下一点残疾。父亲怕他长大后生活困难，一直教他读经，希望他能到寺院当喇嘛，生活有个着落。二十岁左右的时候，村里来了一个工作组，发现洛桑聪明能干，就把他带到地区，当了一名电工。从来没有读过书的洛桑，悟性非常高，技术水平越来越好。听见发电机和广播的声音，就知道机器有没有毛病。洛桑性格豪爽，喜欢喝酒，直到四十多岁去世，也没有结婚。

老二叫多吉卓玛，是次仁加布的大姐。白天数牛羊，晚上数星星，算术水平比同龄人好，村里人就推举她当会计。统计数据的时候，找来一堆小石子，借助小石子算账。多吉卓玛曾经是噶尔县有名的积极分子，参加各种工作组，带领牧民学习文件。告诉牧民，这么多年吃不饱、穿不暖，是由于寺庙里的僧人和牧主的压迫造成的。她和其他年轻人一样，都支持斗牧主。

由于工作出色，她当过左左区、扎西岗区和噶尔县的团干部。三十岁的时候，与一位藏族拖拉机手结婚。工作中，她发现自己写材料有些困难，汉语用词太复杂，就主动要求到财政局工作，当了一名普通的统计员。由于她工作经验丰富，汉语讲得好，演讲能力强，当选为噶尔县妇联副主任。

现在，已经退休在家的多吉卓玛，与丈夫、女儿、外孙住在一起，儿子远在昌都地区当老师。宽大明亮的藏式客厅里，最显眼的地方供着毛主席像。她高兴地对我说，年轻的时候最大的理想是去北京看一看，特别想见到毛主席和天安门。随着年龄增长，愿望就不明显了。这一生，不满意的事，一个也没有。

多吉卓玛家大门两侧，长着两株茂盛的红柳，柳枝摇曳，翩翩起舞。红柳下的铁笼子里，关着一只凶猛的藏獒。藏獒咆哮起来非常可怕，因此，我总是绕着道走。有人对我说，藏獒就像藏族人身上的饰品，是身份和地位的象征。一只藏獒，价值几十万元、上百万元不等。

老三次仁卓玛和老六罗布卓玛是两个女孩。该出嫁的时候就出嫁了，至今与丈夫生活在牧区。她们的孩子，有的在内地上学，有的在城镇工作，没有谁主动留在牧区放牧。两位姐姐心灵手巧，为家人做的靴子，令次仁加布念念不忘。阿里人把藏靴叫踏朗，用坚硬的公牦牛头皮制成靴底，用山羊长毛编织成结实的靴帮，用柔软的绵羊毛编织成靴筒，这样的靴子耐穿又保暖。

老四叫才旺卓玛，先后在左左区上过小学，噶尔县上过中学。在地区供销社和地区农行工作过，当过农业银行的副行长。因为要照顾家庭，辞去职务做了普通柜员。她家的房屋同样富丽堂皇，长条藏柜上也摆放着领袖像，不只毛主席一人，还有邓小平、江泽民、胡锦涛的组合头像。比起性格开朗、笑容可掬的大姐多吉卓玛，才旺卓玛显得内敛沉稳。

老五叫索南平措。从十二岁离开家乡就一直在外，小学、中学、大学一路读完。曾担任过阿里地区副专员、西藏自治区工商联合会主席，职位正厅级。2009 年，五十三岁的索南平措突然发病，在成都的医院里病逝。骨灰被送回家乡，撒在神山冈仁波齐。

老七就是次仁加布，很小的时候，冬天在雪地上写字，夏天在沙地上写字，手指总是红红的。从拉萨的中学毕业以后，以优异成绩考上了中央民族大学。研究生毕业以后，在北京工作过四年，后来到美国耶鲁大学进修过。为了方便研究西藏文化和宗教，谢绝了恩师的挽留，回到拉萨，在西藏社会科学院做研究工作。按照他的说法，去色拉寺、罗布林卡、哲蚌寺，骑辆自行车就行了。如果在北京，还得乘飞机来考察。

他经常到世界各地讲学，同时用汉语、藏语、英语三种语言，与国际藏学家交流，同时用三种文字写作。用整整十年时间，写出了汉、藏、英三种文字的长篇巨著《阿里文明史》。尽管次仁加布已经是著名的藏学专家，但他每年都要回到阿里高原，回到家乡朗久，进行田园考察和调研，顺便看看家人。

老八旺扎的求学之路，远没有几个哥哥顺利。

九岁的旺扎，有了第一个梦想——长大后一定要吃上馒头，穿上干净的中山装。那个时候，已经包产到户，家里重新分到了300多只羊、8头牦牛和1匹马。哥哥姐姐有的工作，有的读书，有的嫁人，只有他和最小的弟弟多木旦和父母还在家中。

牧民家里牲畜越多，放牧的人手就越多。河谷有水的地方，放牦牛、马和犏牛。绵羊和山羊在山上放。小马、小牛、小羊，要与母马、母牛、母羊分开放。如果离得太近，小家伙跑到母畜跟前，把母畜的奶汁吸干，就会影响母畜的产奶量。为了提高牲畜品质，优化后代，提高产奶量和产仔量，希望野马与家马交配、野牦牛与家牦牛交配、牦牛与奶牛交配，同时还不被野生动物引诱而去。

一家人都为分到这么多牲畜兴奋不已的时候，只有旺扎暗自伤心。父母肯定让他放牧，而不会让他上学。他的担心落到了实处，不但他放牧，比他小几岁的弟弟多木旦也放牧。小小的心灵在痛苦中煎熬。

1978年夏天的一个午后，旺扎正在放羊，一辆八座吉普车因为抛锚，停在草场上。旺扎好奇，凑上去看热闹。

一个干部模样的人，用藏语问他愿不愿意上学。他以为在做梦，惊得四处张望。看着蹦蹦跳跳的小羊，蓝蓝的天上白云朵朵，知道是白天，不是夜晚。

看着他渴求的眼神，对方问他要不要和大人说一声，他连说几声不要不要，让邻居晚上把羊赶回去就行了。

旺扎背着装有糌粑的干粮袋子就上车了。

后来，旺扎才知道，这个干部是专门来阿里牧区招生的。上面给阿里地区下达了硬性指标，整个阿里必须招收 36 名学生入学。因为包产到户，孩子大多被家长留在家里放牧，干部只好用这种方式寻找生源。

当天晚上，没有上过一天学、不会写一个字的旺扎，进了狮泉河中学，成了一名中学生。

中学毕业以后，旺扎到拉萨学习发电报和译码，成为阿里地区邮电局的职工。时间一久，觉得每天滴滴答答发电报没有意思，便自费到河南师范大学中文系深造。

回到阿里以后，他决定下海。从那曲地区的安多县买一车酥油，沿途兜售。有的十块钱一桶，有的六七块钱一桶。走一路，卖一路，回到阿里就卖完了。后来，他决定开公司，母亲不同意，说他翅膀硬了，不管公家了。

当时，地区粮食公司不景气，总经理找到旺扎，给他一个副经理的位置。他走马上任以后，粮食公司很快转亏为盈。领导觉得他是个经营人才，调他到烟草公司当经理、书记，一直干到现在。如今，地区烟草公司总进出资产超过一个亿。

老九，多木旦，至今在祖辈放过牧的地方，和妻子一起放牧，帐篷里仍然放着父母留下的酥油茶壶和小小的银杯。他说，小时候要是都上学，就没人放羊了，但他愿意上学。

2011年6月的一天，拉萨刚刚雨过天晴，空气清新，垂柳依依。我与次仁加布约好，在布达拉宫附近见面。100米开外的街道上人头攒动，车辆拥挤，我一眼就认出了他，他的气质的确与众不同。我们交谈得非常愉快。

他对阿里历史文化的熟悉令我感叹，对西藏文化宗教的研究使我敬佩。

他认为，阿里最早由四宗六本组成，每个宗本又有许多分支。认为古格王国的消亡，是内部宗派斗争引起，外国传教士并没有直接介入古格政治，古格都城根本没有建过教堂。他的这些观点，与很多藏学家观点不同。

他对生死的看法，对我影响深远。

当谈到死去的两位哥哥时，他与大姐多吉卓玛，表现出了同样的轻松。这一点，令我大惑不解。

他说，藏传佛教和汉传佛教最大的区别就是生死观的不同。藏传佛教讲究人死后有六道轮回，一个人死去，他的灵魂还存在，还会转世，生生死死，死死生生，永无止境。所以，信徒死后，希望天葬。在最圣洁的天葬台天葬，是信徒临终前最大的愿望。轮回的时候，会有一个好来世。

人死了，躯壳完结，灵魂没死。尸体就像一个柜子，一扇门，只是一个没有生命的物体。把这个物体肢解、天葬，让老鹰吃掉。老鹰就不去吃鼠兔、旱獭、青草，间接地挽救了其他生灵。

　　他还说到了藏传佛教的善良、慈悲、智慧，心灵的宁静和幸福，感激和大爱。一个人如果对待牦牛和母亲一样的态度，就达到了境界。

　　希望有这种境界，但遥远又迷茫。

念念不忘的名字

达娃扎西，绝对是阿里高原上的一只雄鹰。

2010年8月的一个傍晚，加木村突发洪水，阿里地区几乎所有干部职工和部队官兵都投入到这场抗洪救灾之中。漆黑的夜晚，闪烁的车灯，人们像热锅上的蚂蚁，浑身是劲却不知道往哪儿使。

有人说，达娃专员被困在河中间的沙洲上了。

人们纷纷向河边奔去。洪水更加肆虐，我乘的越野车，也淹到了车窗位置。有人指挥大家后撤，部队的大型工程车立即开上沙洲，营救沙洲上的被困人员。

抗洪救灾现场逐渐有序，大家口耳相传。前面一个地方又决堤了，有达娃专员指挥，不会有事的，他熟悉狮泉河。

第二天上午，阿里地区在行署广场召开甘肃舟曲特大山洪泥石流遇难同胞哀悼仪式。常务副专员田建文主持，达娃专员讲话，并作了阿里地区抗洪救灾动员报告。哀悼仪式结束后，大家拿着铁锹、镐头、编织袋，来到戈壁滩上，加固一条沟渠。如果不加固沟渠，不远处的粮库就会受到威胁。

戈壁滩上，再一次见到了达娃专员，一个伟岸高大的藏族汉子。

这个名字，我曾多次听过。

一次，乘一辆长途汽车，在边防检查站停车检查，身份证、边防证一样都不能少。男人们下车撒尿，女人们坐在车上不动，看似无意，每一眼都盯得男人后背发烫。乘客中大部分是身着藏袍的男男女女，叽里咕噜说着我听不懂的藏语，但从他们兴奋的交谈中，知道是些愉快的事情。忽然，我听懂了一句话。

这句话是一句标准的汉语，而且不断重复。达娃专员，达娃专员。

恍惚间，觉得自己进入了一个巨大的艺术殿堂。明明全是古典油画、古典音乐、古典建筑，却突兀着一幅巨大的后现代作品。这种冲击不断加大，愈演愈烈。

2011 年 5 月底，我随地区农牧局技术干部宋品军和白玛格桑，到离地区 300 多公里的札达县，指导农民种植温棚蔬菜。县政府近旁的村子，叫托林村，村长叫中东。他家像众多的藏族家庭一样，不习惯锁门，一院漂亮整齐的藏式民居，大门上只插着一根小树棍。许久，才看见中东开着一辆皮卡车，尘土飞扬而来。

中东不会讲汉语，从他轻松快乐的言语中，再一次听到了后现代派的词语，达娃专员。

我不解地望着这位有着极具汉族风情的名字，却不会讲汉语的藏族村长。中东挥一挥手，笑呵呵地乐。

白玛格桑向我翻译，村里本来没有车，是达娃专员帮忙买的，这车在村里用处很大。

我问白玛格桑，达娃专员是不是中东的亲戚。专员与村长，中间的距离真还有点远哩。

白玛格桑说，达娃专员的老家在普兰县科迦村，跟札达县一点关系也没有。

看着我不解的神情，白玛格桑告诉我，达娃专员在阿里工作三十多年，跑遍了阿里的山山水水，经常现场办公，把困难解决在田间地头、羊圈牧场，在老百姓中享有很高的声望。加之藏族人对官场职位看得没有内地人那么重，老百姓对专员就没有距离感。

一个天高云淡的日子，我从普兰县城前往神山冈仁波齐。

纳木那尼雪山，巍峨圣洁，挺立在身后。前方，是蓝宝石般的圣湖玛旁雍错和鬼湖拉昂错。汽车在湖畔蜿蜒前行。忽然，眼前出现了一地新雪，从缓坡地带一直蔓延到湖水里。碧波荡漾，水天一色，水鸟竞渡，微风习习。坐在副驾驶位置的我，感觉到湖水和新雪近得能碰触到鼻尖。

屏住呼吸，紧握拳头，脑海中出现的是一个真实的故事。一位司机在傍晚，不小心把车开进了冰湖里，感觉有点不妙，下车仔细观察，吓出一身冷汗。一言不发，努力镇定，掉转车头，开出冰湖，远离湖岸，方才停下车来，长出一口粗气，瘫倒在方向盘上。同车人如梦方醒，才开始后怕。

湖水潋滟，新雪清香。车在雪地上行驶，有一些滑动的感觉，车窗前放着一只黄色的小经筒，风儿吹过圣湖，经筒被吹拂得缓缓转动。蓝天、碧水、飞鸟、新雪、轻轻转动的经筒。圣洁的美景没有减弱我的恐惧，呼吸反而越来越急促。紧闭双眼，不敢言语。故事中的司机是我的榜样，危难之际，镇定第一。车是普兰县政府的车，司机应该经验丰富，不会把车开进圣湖、鬼湖里。

就在我几乎崩溃的时候，一阵笑声，将我从可怕的深渊拯救出来。

身后，坐着两位普兰县政府的机关干部。他们也说藏语，语言活泼，笑声阵阵。好像在说一件有趣的事，其间，夹杂着一个称谓，达娃专员。

我在笑声中松开拳头，睁开双眼。依然在碧水蓝天、白雪茫茫的大地上滑行，依然在神山圣湖之间缓慢前进，却没有了惧怕，没有了揪心。取而代之的，是广阔无垠的清风拂面，圣湖般舒缓的情怀。

达娃是月亮，扎西是吉祥。达娃扎西，吉祥的月亮，照亮夜空，驱妖降魔。

科迦村，一个依山傍水的村庄，紧邻尼泊尔，因为有千年古寺科迦寺而得名。

科迦村依着的山，是寸草不生的红褐色山峦。冬日里，白雪皑皑，巍峨壮观。绕村而过的河是孔雀河，孔雀河流过科迦村几公里，就进入尼泊尔境内了。

达娃扎西的家，坐落在村子稍高的位置，和其他村民家的房屋没有什么区别，两层白色小楼，一楼堆放杂物，二楼住人。父母高寿且健康，大部分时间，和其他老年村民一样，坐在墙边晒太阳。妹妹、妹夫种着青稞，放着牛羊，日出而作，日落而息。

我在炊烟袅袅的村庄漫步，在科迦寺的诵经声中思考，在经幡和桑烟中追寻。一位科迦少年，经历了多少磨难、多少历练，才成为老百姓念念不忘的名字，邻家哥哥般的亲和与爱戴。

十七岁，达娃扎西离开了科迦村，去 400 公里以外的地区中学师训班学习。

他像出笼的小鸟，心情愉快，展翅飞翔，欣赏到了前所未有的风光。对知识的渴求，能歌善舞的天性，开朗豪爽的性格，为他赢来了许多目光。半年以后，就担任组长、班长、民兵连长、团支部书记，毕业的时候，已经是一名预备党员。各种奖状、荣誉证书，装满了小木箱。

地区文工团看上了他，老师认为一个人不能一辈子唱歌跳舞，希望他回普兰教书。他接受了老师的建议，但不愿意回普兰，希望去一个遥远的地方，离家越远越好。措勤县是阿里地区七个县中最偏远、条件最艰苦的地方。平均海拔 4700 米，一年中，不刮风的日子很少，夏季短暂得几乎没有。一行六位同学到了措勤，县上大概了解他的情况，把他分配到县完小当教师，其余五位同学被分到了乡镇。

在完小当教师的时候，他如鱼得水，各种才能得到了极大发挥。一边教书，一边学习，汉语、藏语、音乐、美术、舞蹈，什么课都教。并且养成了良好的生活习惯。机关没有食堂，自己解决吃饭问题。年轻人在一起喜欢喝酒，有时候因为醉酒打架斗殴，误了工作。县文教卫生科长赤烈塔尔沁引导大家，平时不准喝酒，周末晚上，拿出自家酿制的青稞酒，欢聚一堂，痛快畅饮。

措勤是达娃扎西的福地，事业爱情双丰收。仕途上一路绿灯，从完小教导处主任一直当到县长、县委书记。一位高挑美丽的珞巴族姑娘，是他曾经教过的小学学生，比他小九岁。按照他的说法，很小的时候，就知道一个人一辈子只能结一次婚，自然要找最满意的。

他在回顾自己成长经历的时候，得出了一个结论：之所以成长比较顺利，是因为遇到了好政策和好领导。在他工作期间，培训学习机会比较多，曾经两次到中央党校学习，两次到自治区党校学习。在河南开封学习的时候，由于成绩优异，直接到汉族班学习。

他的热情和真诚，赢得了领导和同事的信任。

多年以后，退休在拉萨颐养天年的赤烈塔尔沁，说起达娃扎西的时候，喜爱之情溢于言表。

他说，有一次，地区举行文艺调演，县上编排了好几个节目，达娃扎西是主要演员。大卡车开到七一桥旁边的红柳滩时，达娃扎西鼻子流血。没有药品，没有医生，大家不知如何是好。他则没事人一样，往鼻孔里塞一撮羊毛。找来柴火牛粪，垒起石头，架起铝锅烧酥油茶。那一次，演出获得巨大成功，好几个节目都获得了名次。

赤烈塔尔沁从措勤被调到地区文化局工作以后，经常到藏北考察，为进藏先遣连驻守过的扎麻芒保立纪念碑，为野生动物拍照，积累资料。有一次，十多天没有好好洗过脸，没有吃上一口热饭的赤烈塔尔沁，从无人区来到改则，时任改则县委书记的达娃扎西已经等了他很长时间。见到久违的老同事、老朋友，两人紧紧拥抱。

当时，达娃扎西不怎么喝酒，赤烈塔尔沁说，不就是一碗酒嘛。达娃扎西端起秧子，一饮而尽。

赤烈塔尔沁对我说，一辈子吃过很多饭，喝过很多酒，改则的那顿饭最香，达娃扎西的拥抱至今难忘。

在阿里，我也领教过达娃专员的亲和与酒风。

大家在一起吃饭，轮到一位秘书打通关，给专员敬酒的时候，高举酒杯，说一声，专员喝完，我喝半杯。

我以为听错了，哪有下属给领导这样敬酒的，这与内地迥然不同。

又一位下属给他敬酒，说了同样的话。这才相信自己的耳朵。

饭桌上，他讲起一个故事，一次从新疆回阿里的路上，遇见一辆车抛锚。过了一阵才想起来，怕那司机受冻，脱下身上的军大衣，请一个反方向跑车的司机，把军大衣带给抛锚者。后来遇到那位抛锚者，人家说根本就没有见到军大衣。

说起此事的时候，他哈哈大笑，然后甩出一句国骂。他说，军大衣的口袋里还装着几百块钱哩。

达娃专员爽朗的笑声、坦荡的笑容、率真的表情，每个细胞都闪烁着迷人的魅力。

他是全国人大代表，在北京开人代会的时候，从驻地前往人民大会堂的车上，一路歌声一路笑，引来许多唱和者。开始只他一人独唱，很快变成了男女对唱和大合唱。所有代表团中，西藏代表团最热闹，歌声最嘹亮，也最让人难以效仿。他们唱的大多是原汁原味的藏族歌曲。拉萨、日喀则、昌都、山南、林芝、那曲、阿里，各个地区方言不同，民歌各异，万紫千红。

达娃专员穿一件金色上衣、浅棕色藏袍，给胡锦涛同志汇报工作的照片，感动过不少人。胡锦涛同志、时任西藏自治区党委书记的张庆黎、达娃专员，三个人的脸上都洋溢着欢快的笑容，有着极强的穿透力。同高原的阳光一样，不遮不掩，无拘无束，坦坦荡荡，沁人心脾。完全是几个大男人之间的笑容，与身份和地位毫无瓜葛。

自从到了西藏，发现全世界的笑脸都集中到了西藏，全世界最灿烂的笑容在阿里。无论百姓，还是官员；无论当地人，还是外来者；无论饥寒，还是饱暖，呈现给世界的，永远是坦荡无垠的笑脸。

多么快乐的人也有忧愁，多么高亢的曲调也有低音。

达娃专员说，阿里的现实依然困难重重，基础设施薄弱，人才匮乏，自然条件恶劣。为了留住人才，使出各种招数，就连每个乡都建了食堂、澡堂、蔬菜温棚。面临的主要工作是民生和教育。抓农牧民增收，注重改善农牧民的生产生活条件。抓教育，提高人口素质。抓基础设施改善，为实现跨越式发展打好基础。

他说，阿里这么多人辛辛苦苦工作，人均收入远远低于内地和西藏其他地区，还有吃不上饭的老百姓、无钱看病的人。措勤县以前没有麻醉技术，没有电，做阑尾切除手术，只能把病人捆绑在手术台上，打着手电筒，用刀硬割。一台手术下来，医生和病人都吓得半死。几年前，札达县一个病人在乡卫生院做手术，好长时间肚子还痛，到县医院检查，发现手术刀还留在肚子里。更加心酸的是，病人已经死了，医生竟然不知道，一针下去，没有反应，才发现在给死人打针。

他无限感伤地说，阿里远离拉萨和新疆叶城，有多少病人死在转院途中，翻车、非正常死亡，夺去了多少人的生命。我们还得努力，把阿里建成藏西中心城市。阿里一旦有条件，要建最好的医院、请最好的医生，为病人解除痛苦，让老百姓安居乐业。

用 20 万个长头去梦中的地方

　　从青海省化隆县农区通向玉树草原的路上，一位身披袈裟的少年独自行走。草原的风，草原的雨，草原的牛羊，草原的格桑花，都没有牵绊住少年的脚步。红色的袈裟轻轻拂起，洁白的雪山逶迤多姿，藏羚羊和土拨鼠奔来奔去。

　　少年名叫扎羊扎西，自从进了寺庙，活佛赐名洛桑山丹加措，稍微大一点，觉得名字太长，便自作主张，改名为洛桑山丹。

　　从此，少年有了一个嘹亮的名字，洛桑山丹。

　　洛桑山丹从夏琼寺而来。夏琼寺的藏语意为大鹏，是藏传佛教格鲁派创始人宗喀巴剃度修行的地方，也是格鲁派的发祥地，被信徒们顶礼膜拜。少年洛桑山丹在夏琼寺只当了一年多的扎巴。

　　他要去梦中出现的地方。

　　早在他还没有当扎巴的时候，这个梦就出现了，反复两三次，梦境相同，高大雄伟的雪山，一望无际的湖水，山水相连，气势磅礴。那个时候，他不知道梦中的雪山在哪里，也不知道梦中的碧水在何方。他问过夏琼寺的师父，师父告诉他说，西宁附近没有那样的景致，那样的景象应该在西藏。

于是，小小少年洛桑山丹离开夏琼寺，离开家乡化隆，离开父母和家人，追寻梦中出现的地方。

少年洛桑山丹，知道唐古拉山是一座难以逾越的高地，从唐古拉山取直道进入西藏太艰难。何况，那条路上没有寺庙，人烟稀少，吃饭住宿会有困难。他便沿唐蕃古道而去，踏上了文成公主当年进藏的路线。

在玉树停留期间，他发现建筑队在拆除由玛尼石堆砌的墙垣，把玛尼石拉去铺路修房。

玛尼石上刻有六字真言、慧眼、神像造像、吉祥图案。每逢吉日良辰，人们一边煨桑，一边往玛尼堆上添加石子，用额头碰触，口中默诵祈祷词。玛尼石是藏族人刻在石头上的追求、理想、感情和希望。有人去世，家人也会把刻有文字图案的玛尼石放在洁净的高处，有的放几块，有的放100多块。每个石块、石子都凝结着信徒们发自内心的祈愿。

适逢"文化大革命"刚刚结束，寺庙的活佛才从监狱出来，与遭劫的玛尼石相看泪眼，竟无语凝噎。老百姓心中流泪，口中祈祷，却敢怒不敢言。活佛无处求助，看着寄宿寺庙的洛桑山丹，若有所思。自古英雄出少年，初生牛犊不怕虎，或许这个少年能助他一臂之力。

在活佛的授意下，洛桑山丹见到了玉树州的执政者。州长是位民主人士，对老百姓和藏文化有着深厚的感情，立即制止了建筑队的行为。拉走的玛尼石又回到原处，整整运了48卡车。

谢绝了活佛的挽留，袈裟少年继续向梦中出现的地方出发。

大昭寺前，他暗下决心，在这个神圣的地方，为佛祖磕 20 万个长头。从此，每天清晨，太阳还没有升起，鸟儿还没有飞翔，他就来朝拜磕头。中午人多以后，回到寄宿的地方，念经学法。傍晚时分，继续朝拜，完成夙愿。磕头拜佛的时候，来自各方的云游侠士、虔诚信徒、高僧大德，带来了鬼魅的故事、精深的学问、四处的风景。潜移默化之中，洛桑山丹对照着梦中的景象，坚定了自己的方向。

梦里出现的雪山，原来是神山冈仁波齐。无垠的湖水，原来是圣湖玛旁雍错。神山圣湖，远在阿里，那是云的故乡。

20 万个长头，用了六个月时光。然后，他准备好木碗、酥油、茶叶、糌粑，披上一件新红的袈裟。不骑马，不吃荤，不搭车，风餐露宿，饥寒无常。48 天以后，终于来到了魂牵梦萦的地方。

圣湖边的楚果寺留住了少年的脚步。那一年，洛桑山丹十六岁。

神山的风，圣湖的水，把翩翩少年变成了青年。洛桑山丹的诵经声，飘到了神山的冰雪中，圣湖的波光里，与神山圣湖融为一体，成为彩霞中的一道风景。

破烂凋敝的楚果寺，逐渐恢复了佛性的光辉，印度、尼泊尔、中国藏区的香客纷至沓来，为阿里高原增添了活力。洛桑山丹也从一位聪慧的少年，成长为楚果寺的活佛。

1993 年 5 月，阿里高原白雪依然，玛旁雍错的结冰刚刚消融，洛桑山丹、一位弟子、朋友普穷三人乘坐一辆客货两用车，从拉萨向阿里行驶。经过尼木县的时候，连车带人，翻下了 150 多米深的谷底。山谷有茂密的树木，崖底是奔腾的雅鲁藏布江。洛桑山丹和司机被路过的日喀则人救起，弟子和朋友普穷的四肢散落林间，无法复原成完整的尸体。

开往拉萨的汽车上，他紧握司机的双手，不停地念经祈祷。一声声叫着好兄弟、好兄弟，你不要死、不能死。最后司机还是死在了他的怀中。

汽车直接开到阿里地区驻拉萨办事处，一瘸一拐的洛桑山丹把司机的尸体交给阿办主任以后，就晕倒在地。

阿里驻拉萨办事处的人把他送进医院，他在医院一住就是 17 天。17 天里，除了以泪洗面，就是反思自己。多年来，一心向佛，天天念经，虔诚备至，却挽救不了朋友的生命。生活向他袒露着残酷，病床上，吃喝拉撒都得有人照顾。

同车四个人，只有他一个人活着，今后的路该怎样走？朋友的家人谁来照顾？

从拉萨的医院里走出来的那一刻，他的观念和命运发生了巨大的变化。

脱掉了袈裟，换上了便装，还俗成一位普通的藏族青年，重新打量和观察这个世界。

小商店开了起来，小旅馆生意兴隆，一位来自家乡青海的女孩子走进了他的生活，后来成为他的妻子。

俗间的生活刚刚开始，母亲就告诫他，人生短暂，做成一件事不容易，不能放弃楚果寺的事业。

在藏传佛教格鲁派、宁玛派、萨迦派、噶举派以及噶当派中，只有格鲁派严禁结婚生子，楚果寺并非格鲁派的寺庙，僧人可以结婚生子。

他又回到了久别的楚果寺，回到了浓郁的宗教氛围中。

管理楚果寺，只是他工作的一部分，他把主要精力投入到为老百姓办事之中。平日里，他照顾朋友普穷的两个孩子，帮助他们渡过难关；收养楚果寺附近的孤寡老人，修路架桥，开旅馆，办餐厅，为老百姓增加收入；利用圣湖资源，建起神山矿泉水厂，吸纳 30 多名当地牧民就业，产品远销尼泊尔、印度等地。

他还冒着生命危险，通过民间渠道，将阿里名寺贤柏林寺在"文化大革命"中流失的珍贵文物收回。

贤柏林寺（夏格巴林寺），藏语译为普度众生，在阿里宗教史和文化史上享有很高的声望，是阿里人民的英雄甘丹才旺所建。

甘丹才旺，是五世达赖喇嘛阿旺罗桑嘉措的堂兄，本来在后藏日喀则的扎什伦布寺出家为僧，勤钻佛法，苦修佛道。既对佛法赤胆忠心，又骁勇善战，才华出众。受五世达赖喇嘛的派遣，甘丹才旺亲率蒙藏联军，赶走了统治阿里长达 50 年的拉达克人，成为噶厦委任的第一任阿里噶尔本。战争胜利以后，大将军甘丹才旺为了忏悔在战争中夺去诸多人命的罪过，在普兰修建了贤柏林寺。杀人如麻的将军与普度众生的佛教徒奇特地统一在一个人的身上。

贤柏林寺和甘丹才旺是阿里的一段传奇，也是佛界思想的另一种诠释。资深信徒洛桑山丹费尽周折，收回贤柏林寺的文物，这无疑有超出文物价值本身的意义，更与慈悲、善良、感恩、智慧是分不开的。

洛桑山丹的善举，不但赢得了农牧民的敬仰，也得到了政府的信任，他先后当选为阿里地区佛教协会理事、政协副主席。

2008年3月14日，洛桑山丹又一次经历了死亡，又一次经历了佛学教义与世俗丑恶的纠结和较量。

洛桑山丹的家，在拉萨市嘎玛贡桑小区。这一天，他正在家中休息，下午四点左右，忽然听见一阵打砸声和尖叫声。上到二楼窗口向外看，发现不宽的巷子里，20多个手拿长刀、斧头、石头的暴徒正在疯狂地追赶行人。有人在砸街面上的商铺，有人冲进商户家中，搬出煤气罐，放在街道中间，浇上汽油，点燃沙发、被褥、衣物。整个街巷瞬间乌烟瘴气，一片狼藉。

洛桑山丹赶紧下楼，打开家门，把惊慌失措、四处逃散的人叫进家中。当他看到周边商铺和出租房房顶上躲着人时，搬来梯子，与弟弟一道，把他们接到自己家中。有人发现房顶上还有一个汉族人，头部受伤，满脸是血，腰间血流不止。他和弟弟小心翼翼地抬起那个人，沿楼梯移到家中，为伤者敷药、包扎、止血。

还没有忙完，就接到女儿学校的电话，要求家长接走学生。他让弟弟守好家门，保护大家的安全。自己戴上一顶藏式毡帽，从小道跑到学校，接上女儿。一个学生的家长迟迟未到，老师正焦急万分。他答应老师，把孩子接到自己家中。这是一个汉族女孩，父母在公安系统工作。

回家的路上，他格外小心，压低两个孩子的帽檐，一手拽一个，绕小道跑回家中。

刚进家门，躲在他家避难的朝华和鲁秉梅也接到学校的电话，让他们快速接走孩子。两人乱了手脚，不知如何是好。洛桑山丹再次跑出家门，冒着浓烟，踏着血迹，接回了不同学校的两个孩子。

当天晚上，他找出家中所有的衣服、被褥，为避难者御寒，又煮上一锅又一锅面条，烧热一壶又一壶酥油茶，用尽所有奶粉，慰藉胆战心惊的大人，温暖还在襁褓中的婴儿。

救人一命，胜造七级浮屠。据媒体报道，这一天，洛桑山丹一家，共救出了 106 名无辜群众。

2011 年 7 月，西藏和平解放 60 周年大庆期间，洛桑山丹被评为"60 位感动西藏人物"之一。我本想给这位英雄发一条短信，表示祝贺，握住手机的那一刻，却停了下来。

一个经历如此丰富、兼具活佛与英雄两种品质的人，对人世间的名与利、成与败，看得比我清楚，根本不需要凡间的叨扰。

回到内地以后，只要想起阿里，就会想到阿里的寺庙和雪山，想起洛桑山丹额头上那块梅花状的疤痕。我曾经问过他，疤痕是否是 20 万个长头留下的烙印。

他只是淡淡一笑。

其实，肯定与否都不重要。重要的是，洛桑山丹活出了一种精神、一种境界。他的人生，不同于前辈甘丹才旺，也不同于众多的阿里人。他将佛的大慈悲和人性的光辉集于一身。

什么人在保佑你

圣洁的狮泉河啊她流向远方

冈底斯的神话飘扬在蓝天里

转经筒的老阿妈转出了年轻和美丽

什么人在保佑你的吉祥如意

这是一首与阿里有关的歌曲，是阿里军分区一位叫夏辉的老兵送给我的。他为我刻录了几部反映阿里军人工作生活的纪录片，这首歌是其中一部的片尾曲。

那是阿里最温暖的季节，红柳枝叶繁茂，卷心虫快乐地生长，向日葵开着娇艳的花朵，雪山的光芒柔和绚丽。他从军分区威严高大的大门走出来，把刻录盘递到我手里，一转身，又走进武警站岗的大门。

一年以后，同样是阿里最美的季节，却不见夏辉矫健的身影。有人告诉我说，夏辉转业回安徽老家了。在阿里当兵16年，头发掉了一半，也应该回家了。

我把这张盘带到北京，繁华与喧嚣仿佛近在咫尺，似乎又相距甚远。

雪山、戈壁、草原，总在梦里出现。梦有点乱。风吹雪花纷乱不堪，失恋的怨妇一般，毫无美感。来势汹汹的冰雹，被风拦腰吹断，花絮一样，悬浮在天空与大地之间，摇曳生辉，恍若天仙。落在地上，添了洁净，孕育彩虹的斑斓。厚厚的积雪落在牦牛背上，牦牛像听老旧的故事，心不在焉。唯独活跃的，是才脱脐带的羔羊，一蹦一跳躲到妈妈身旁，却不知道妈妈正为雪盖大地、断草断炊着慌。

艰苦的环境也有纯净的笑脸，艰难的岁月，同样有快乐甘甜。豁达开朗的笑声回荡在天边，自然恬淡的神情，比香山红叶更鲜活红艳。

徜徉在繁花似锦的首都，嫩黄温润的银杏掉落在掌心，阳光里透着甜蜜、富庶和宁静。古朴淡雅，给了我怀念阿里的情怀。

渐渐地，我喜欢上了这首歌，有时候唱给别人，有时候唱给自己。不管唱给谁，脑海中浮现出的画面是一样的，曾经相遇的、不相遇的，认识的、不认识的，军人，百姓。总是在歌声响起来的时候生龙活虎，如影相随，似梦似幻。常常地，会迷失方向，不知道自己身处何方。在雪域高原，还是在天安门广场；在狮泉河畔漫步，还是在长城上吟唱。

什么样的景象入梦来，什么人在保佑你的吉祥如意。

那，就是我的阿里，壮美雄浑的雪域高原。

那，就是我的狮泉河，流淌在心中，永不枯竭的艺术之河。

那，就是难以忘怀的，高原上的芸芸众生，可亲可敬的阿里人。

正是因为有一批批阿里本地人和外来者共同建设阿里，维护边疆稳定，才保证了内地的长治久安，幸福安康。

万超岐，阿里地委书记，曾任团中央组织部部长，已经是一位年轻有为的正厅级干部，毅然来到阿里。在牧区，和牧民一起抓羊绒；在农区，和农民一起种青稞。他还利用到内地出差的机会，去山东看望孔繁森的妻子和家人。令我感动的是，他几乎不接受任何媒体采访，高调做事，低调做人。对我的部分书稿，阅读得非常仔细，提出了宝贵意见，作了认真修改。

北京的冬天，寒风浩荡。在中共中央党校一排苍劲的松树下，我见到了阿里行署副专员高巴松。他的英气逼人和才华横溢，是我没有想到的。他出生在藏北那曲，是一位地地道道的康巴汉子。十一岁离开牧场，放下牧鞭走进课堂。当过教师、县长。他对我讲起阿里，讲起各种政策。理论水平之高，汉语修辞应用得恰到好处，不是一般藏族人能超越的。

在此之前，中共中央党校西藏班班主任陈富对我说，阿里和那曲在西藏七个地区中，经济条件比较落后，干部文化水平和全区差不多，理论水平相对低一些。但他们更淳朴、善良、忠厚、本分，奉献精神更强，觉悟非常高，很多干部都像孔繁森一样优秀。

见到高巴松以后，我对陈富的看法有些怀疑。

随着对阿里的关注，发现高巴松经常作为地区行署的新闻发言人，代表阿里地区召开新闻发布会。他的能力和形象，足以代表阿里。

扎西次仁，也在中共中央党校参加学习，茶几上放着风干肉和辣椒面。握手以后，我顺手抓起风干肉就吃。边吃边对他说，终于吃到了阿里的味道。他的真诚和亲和，让我觉得自己不是异乡的游子，而是和他一起骑过马、打过猎、放过牧的伙伴。扎西次仁曾经在札达县工作过，现在是革吉县副县长。他的笑声和他的年龄一样，青春豪放，明快喜悦。

李玉键，一位真正的老阿里。三十年前，他从山东老家来到阿里，成为一名机要员。当过孔繁森的秘书、地区旅游局局长、地委常务副秘书长。十年前，拉萨一家单位调他去工作，但阿里不放。好不容易培养出一位工作上独当一面的人，人才奇缺的阿里怎么会轻易放走他哩？

很长一段时间，阿里作为边疆地区，交通信息不便，机要工作尤为重要。同样当过机要员的洛加次仁对我说，那个时候的机要员每人配一把手枪，工作内容和机要员本人一样，都受到严格保护。各种文件、通知、材料，都通过电报形式接收和发出。益西加措曾经担任《西藏日报》驻阿里记者站记者，对当年的机要工作也记忆犹新。他说，从阿里发出去一篇稿子，电报纸就像铺盖卷一样长。

扎西措姆，革吉县县长，亭亭玉立，能歌善舞，被阿里人称为"美女县长"。

扎西措姆的父亲是那曲人，母亲是山南人。他们曾经在札达县一个乡上工作，父亲是兽医，母亲在商店开发票。父母生有五个孩子，最小的两个弟弟是双胞胎，扎西措姆是唯一的女孩。

在扎西措姆的印象中，上了很长很长时间的小学，学校里只有四五个学生。父母被调到县城工作以后，她考上了地区中学，才开始记事。母亲一直教育她，要好好学习，入团入党。她不负厚望，考上了陕西咸阳西藏民族学院文秘班。回到阿里以后，被分配在札达县工青妇工作，三个部门，一块牌子，就她一个工作人员。

她不记得什么时候被提的副主任、主任职务，只记得1997年10月，组织上调她到革吉县当副县长。那一年，她二十七岁，是阿里地区副县级干部中最年轻的女性。

这个时候，她刚生完孩子，父亲去世。母亲退休后住在拉萨，给在改则县工作的弟弟看管孩子。弟弟的孩子是个女孩，三四岁的样子，可爱极了。扎西措姆把侄女带到革吉，让母亲带自己幼小的孩子。一次，弟弟把女儿从革吉接到改则，小女孩因为感冒而夭折。这是扎西措姆觉得愧对家人的一件事。

扎西措姆说，最高兴的事是看到牧民住上了水泥砖头修建的安居房和畜产品卖得好的时候。以前一家人住在一顶帐篷里，放个屁，全都能听到。孩子多的还得睡羊圈，有的患上了人畜共患病。她为了动员牧民送孩子上学，经常在牧场跟家长打游击战，说服动员，费尽口舌，万不得已，只能强行带走。好不容易把孩子送到学校，家长不放心，在学校旁边扎上帐篷，白天放牧，夜里观察，看有没有人欺负自己的孩子。

我亮出了自己的观点，牧场最大的危害是沙化，十年以后，或许革吉县城就被风沙淹没了。目前全县只有一万人左右，是否考虑过迁移到适合人居的地方。

扎西措姆说，老百姓一般不愿意离开故土。在藏北，海拔 4700 米以下，只要有水的地方，都能长草，我们也在种草、植树，但收效不大。革吉县城海拔 4500 米，沙化没有你想象的那么严重。

有意思的是，扎西措姆最小的弟弟洛桑，竟然是我 2003 年第一次进藏期间，认识的同车人。他教我唱过阿里红柳花的歌曲，几年来，每当唱起那首歌，就会想起他。

陈俊哲，陕西省第二批援藏干部，曾任普兰县委副书记。在普兰任职期间，他主持制订了全县农牧区基层组织建设意见，对岗沙村进行了重点整顿；修订了常委会议事规则、中心组学习等制度，使党建工作得到进一步加强；把稳定作为重中之重，制订工作预案，稳定普兰局势；自来水、水电站、县政府大楼等项目投入使用，全县经济得到较大发展。援藏三年，他利用业余时间，练习书法，博览群书。回到内地，任咸阳市委组织部常务副部长。书法作品在国内外多处参展获奖，并被多家纪念馆收藏。援藏不但锻炼了他的工作能力，还使他成了一名书法家。

王洋，河北省第六批援藏干部，阿里地委组织部副部长。在内地，就职于省委组织部，有一个幸福的家庭。组织部的干部一向有好的去处，他却选择了阿里。作为河北省第六批援藏干部的副领队，他的协调能力、风趣、大气、干练，得到了地委行署领导和同志们的称赞。

因为有他的认真协调、真诚帮助，我在阿里的采访比较顺利。

我曾随行署的刘贤坤、秦建军、朱凌云下乡，在巴噶乡检查工作的时候，刘贤坤用略带贵州乡音的普通话，询问各种工作的完成情况。他的认真和一丝不苟，让我感觉到阿里虽然偏远，人们的工作态度和工作方法同内地一样，严谨、严格、严密。

到过札达县城的人，都会被莽莽土林深处的那一片绿意感动。

五月已尽，风沙弥漫，凄冷如冬。进入六月，天气渐渐变暖，青草露出嫩芽。某一天，城外河边的那片白杨林，绿荫如盖，亭亭玉立，秀色可餐。漫步其中，呼吸清新洁净的空气，倾听悦耳的鸟鸣，顿觉神清气爽，宠辱皆忘。

这一片林，与一个人有关。他叫刘继华。

刘继华是上海人，20世纪50年代，大学毕业后自愿来到西藏工作。那时的札达，基础差，底子薄，是阿里地区最贫困的县。刘继华担任县委书记以后，骑马走遍了全县的农区和牧区，村庄和牧场。摸实情，定规划，着手发展经济，改善生产、生活条件。

没有住房，他就拿出自己的工资，买来木料，带领干部职工打土坯、盖土房。春节到了，人们却发现县委书记失踪了。县长一着急，派人四处寻找，结果在毛刺沟里找到他。原来，他利用节日时间，骑上马勘察从县城通往地区的线路。规划好线路以后，他又组织干部群众开始修路。没有机械设备，只有铁锨、镐头。他和大家一起吃住在工地上，风餐露宿，奋战两个月，终于打通了通向外界的路，结束了札达外出只能步行或骑马的历史。

几十年过去了，现在通往地区的公路，仍然是当年刘继华骑马勘察的那条路。

根据札达县海拔较低的特点，刘继华利用到新疆出差的机会，亲自买来树苗，动员干部职工植树。一年又一年，年年栽下来，河岸沟塘，房前屋后，公路两旁，栽满了白杨。

札达，就此有了新疆白杨，有了绿意盎然。很多老阿里，至今说起刘继华，感情真挚，异口同声。

从未见过像他那样廉洁清苦的领导，下乡时从来都是骑马，自带灶具和粮食，自己做饭，从不扰民。所挣的工资几乎全部帮助了别人。由于常年不能回家探亲，对家里照顾极少。在札达期间，他和当地干部群众结下了深厚的情谊，离任时，县里准备了隆重的欢送仪式，他却先一天搭车，悄然离去。

第二辑
走进天路，走向天堂的路

梦里梦里见过你

李寿明还不认识蒋春萍之前，李寿明的老家——甘肃武威的一个亲戚做梦，梦见李寿明带回了一位四川妻子，年轻漂亮，美若天仙。

亲戚没有看清李寿明的妻子是双眼皮还是单眼皮，不情愿地从梦中醒来，拨打李寿明的电话，想把梦中的事告诉给他，却怎么也联系不上。

此时的李寿明正在远离甘肃武威几千公里以外的普兰县下乡。下乡得骑马，时间久了，胯部疼痛，双腿疲乏。

三十岁的李寿明，的确正与一位四川资阳女孩蒋春萍联系，但才刚刚开始，并没有给老家任何人说过，亲戚更不可能知道。

依然是熟人介绍。李寿明的一位同事是四川人，看着大龄青年李寿明形单影只，就替他着急。当时普兰全县人口六七千人，县城人口不足千人，要找一位说汉语的未婚女子，比出一次国都难。

同事一年半休一次假，休假的时候回到内地，让亲戚朋友齐动员，四处撒网，重点选择，大海捞针一般，从众多未婚女子中间，寻觅出可能对李寿明会产生好感的。刚找到这么个人，同事就踏上了回归青藏高原的路途。正值青春的女孩子，有几个能等到一年半后的第二次相见呢？

所以，当同事把蒋春萍的电话告诉给李寿明的时候，李寿明对这种看不见、摸不着、远在天边的感情，并没有特别上心。

蒋春萍得到李寿明的电话号码以后，禁不住姐妹的怂恿，在姐妹们的严格监控下，打出了第一个电话。

放下电话以后，唧唧喳喳的议论声此起彼伏。

他讲的是普通话。

很有修养的样子。

继续联系，或许能成哩。

普兰，普兰在哪里？不像是中国的地名。你得搞清楚，别是跨国恋啊。

从此，车间里的姐妹们见到蒋春萍，就会关心她的普兰男友。但谁都搞不清楚，普兰究竟在哪里。

李寿明和蒋春萍就这样交往起来。

所谓交往，也只是打打电话。两人互寄了照片，也没怎么认定对方就是彼此的另一半。

2001年2月14日，李寿明走出成都火车站，受到了蒋春萍家人的热情接待。亲戚朋友、同学姐妹，络绎不绝，在李寿明面前穿梭来往。或喜悦，或疑惑，一眼一眼，看似无意，实则认真，看得李寿明忐忑不安。

两人终于可以单独相处的时候，李寿明拿出了结婚证。结婚证上只有李寿明的姓名、年龄、婚否状况，女方一栏则空着。

李寿明把结婚证放到蒋春萍的手里，真诚地看着她。蒋春萍不知所措，待看清结婚证上，盖着普兰县民政局的大红公章以后，才意识到一切都是真的。

李寿明背着结婚证找对象，找到的对象就是她——蒋春萍。

两人在更加疑惑的注视中，踏上了前往武威的列车。

牵着对方的手，还有点不大习惯。望着对方的脸庞，还有些羞涩的李寿明和蒋春萍得到了家人的祝福。做梦的那个亲戚见到蒋春萍的时候，喜出望外，连连称奇。

蒋春萍真的和梦中的女孩一模一样，年轻漂亮，聪慧贤淑。

从认识到结婚，只用了十多天时间。现实却不断地侵蚀着他们的神经，考验着他们的爱情。

从甘肃武威，到西藏普兰，途经拉萨作短暂停留。蒋春萍还像在老家资阳一样，用平底锅下面条，煮了半个小时，面条还生硬着，只好换成高压锅继续煮面。

看着新婚妻子泪眼蒙眬的样子，李寿明不知从何说起。因为他知道，水烧不开，饭做不熟，几天吃不上一口热饭，这种小事在西藏就不算什么事。

更加残酷的现实接踵而至。

蒋春萍把工作从四川调到了阿里，小两口在狮泉河镇有了自己的家，也孕育着新的生命。很快，蒋春萍就怀孕了，很快，蒋春萍就流产了。再怀孕，再流产。李寿明和蒋春萍傻眼了。

风吹石头跑，四季穿棉袄，六月雪花飘，氧气吃不饱。阿里的自然条件就是这样，大人呼吸都困难，隔着一层肚皮的孩子，在妈妈的肚子里，吃不饱氧气，成活率低，是必然的结果。

孩子，逐渐成为李寿明夫妇的一块心病，为了生下一个健康正常的孩子，二人煞费苦心。蒋春萍利用在成都学习的机会，终于生下了一个活泼可爱的女儿。为了让女儿吃到够分量的氧气，两人把小小的女儿留在资阳老家，跟娘家父母一起生活。

如今，女儿已经会叫爸爸妈妈了，隔着千山万水，在电话的那一头，用娇嫩的、甜甜的、天籁一般的声音，呼唤阿里高原上的爸爸李寿明和妈妈蒋春萍。

妈妈，什么时候抱抱我？爸爸，什么时候回家？

爸爸，妈妈，宝贝想念你们。

所有阿里人的暗伤

走进孔繁森小学，见到的第一个人就是孔繁森，高大的白色大理石半身塑像，亲和伟岸，脖子上系着鲜艳的红领巾。塑像原本是不锈钢材质的，由于风沙打磨，一个冬天就失去了本色，为了尊重英雄，才换成现在的大理石塑像。

塑像的胸前刻了几个红色大字：人民的好公仆——孔繁森。黑色大理石底座上，竖刻着江泽民同志 1995 年的题词：向孔繁森同志学习。

通过一个说半藏半汉语的男人，我知道了格列家的确切位置。

我在格列家门口等了一会儿，三个人开着一辆小车回来了。这是一间普通藏式平房，客厅的藏柜鲜艳漂亮，绘着宝伞、金鱼、宝瓶、莲花、白海螺、吉祥结、胜利幢、金轮的吉祥八宝图案，上面摆着象征五谷丰登的切玛和银质、铜质器皿。我在一幅挂历下面的沙发上坐下，挂历上的主人公就是格列。身着绿色武警制服的格列，站在高入云端的洁白雪山下，神采奕奕，精神焕发。这是西藏自治区为年度道德模范专门制作的宣传挂历。

我打趣道，格列政委怎么跟挂历上的人长得一模一样啊。

格列和春晓哈哈大笑，另一位穿警服的人也爽朗地笑着。从他的军衔和名牌认出，他叫普布旺拉，与格列一样，也是一位武警军官。

格列向我介绍说普布旺拉是他的战友。

春晓笑呵呵地补充道，他也是我的新郎官，我有两个新郎官哩。

我也融入他们的笑声之中。待了解到两个新郎官的故事以后，怎么也笑不起来。

格列的家在拉萨附近，从经济文化相对繁荣的前藏，来到荒僻的后藏阿里，当武警，上警校，目前任西藏边防总队阿里边防支队霍尔边防派出所政委。边防维稳，向来是地方政府和各警种部队的头等大事。工作在一线的格列，经常面临着各种突发事件。

一个冬夜，雪花刚刚停止了飘零，就接到报案，一支58人的队伍，想从普兰县的山口潜逃越境。格列带着六名警察迅速追击，40人后援部队也分头赶上，在各个出山口，封控堵截。潜逃人员中，有人对这里的地形地貌非常熟悉，便与格列他们迂回曲折，打起了游击战。大雪刚过，山谷和山头一样，被大雪覆盖。雪域茫茫，寒冷异常，行动艰难。格列一行人不放过一个山洞、一个垭口，终于堵截住了所有潜逃者。

潜逃者中，有大人，有小孩，有本地人，也有远道而来者。

有人想把孩子送到国外学英语。

西藏的任何地方，只要是路边的房子，有人生活，就约定俗成成为远行者的救命稻草、受灾者的避难所。边防派出所和兵站，自然担负着过往行人的生命安全，尽力提供服务保障。

2007年3月，普兰方向普降暴雪，致使219国道封堵，沿线交通中断，沿途被困车辆、人员较多，牧区牲畜冻死、冻伤数量剧增。霍尔边防派出所至马攸木桥公安检查站一线，部分车辆人员下落不明。格列带领战士，从早上一直搜寻到晚上。在漆黑的夜色中，为了防止战士迷路走失，用背包绳把每个官兵连起来，沿着电线杆艰难搜索。经过三天四夜的紧急救助，被困在雪地中的20多名旅客和4辆汽车，全部被营救出来。派出所共接待被困群众300余人次，救治伤病群众110多人次。

事业上一帆风顺的格列，也迎来了爱情的甘霖。孔繁森小学教师春晓，与他约定了婚期。

离婚礼还有五天时间，格列从布置一新的家中出发，到300公里以外的普兰通外山口执勤。刚到山口，风雪飘摇，大雪封山。心急如焚的新郎只能风雪兼程，想要回到新娘的怀抱。婚期姗然而至，新郎还在雪地上跋涉。

藏族人对婚礼非常重视，春晓又是当地人，请柬已经发出。客人陆续而来，端上切玛，捧上青稞酒，献上哈达，祝福新人幸福吉祥。哈达不但要献给两位新人，还要献给双方父母。无奈之下，只能请格列的战友普布旺拉担当临时新郎，婚礼如期举行。

直到婚礼后的次日凌晨两点，格列才回来。风雪夜归的格列，患上了雪盲症。眼睛红肿，泪流不止，这样的形象不好回到新房，他只能在单位的集体宿舍里休整调养，孤枕难眠。

格列用伤感的语调对我说，结婚八年来，妻子先后怀孕六次，五次流产。好不容易产下一个男孩，三天后，因为缺氧，在他的怀抱中死去。

叹息无法改变他们的现状，慰藉不了他们的伤痛。阿里人的生育问题，不是一家一户的事，不是几对夫妻的困难，而是所有阿里人必须面对的现实。

地区财政局的一位在藏干部对我说，阿里人，不管是本地人，还是外来者，都不敢随便碰触怀孕和教育孩子的话题。这是所有阿里人的痛、所有阿里人的暗伤。

战战兢兢地怀孕，担惊受怕地生下孩子。有的还患有先天性心脏病。几岁的孩子不会说话，不会走路，智障残疾者不少。所以，阿里只要有条件的人，都会寻一处低海拔地区，氧气多一点的地方，怀孕生子，生下孩子，放在低海拔的拉萨或内地，请老人或朋友看管。久而久之，这些远离父母、缺少管教的孩子，走上犯罪道路，学习一塌糊涂，性格怪僻，心智不健全，与父母形同陌路的，比比皆是。

一位副县长对我说起远在湖南老家的女儿，泣不成声。女儿小的时候，夫妻俩离家返回阿里，躲着女儿走。大一点以后，跟女儿说好，要回阿里上班，女儿笑着和爸爸妈妈挥手告别。第二天上学以后，奶奶发现孙女的枕巾全都湿透了。傍晚，女儿做完作业，就会望着电话；就是玩耍，离电话机也不会太远。现在能从视频上看见女儿了。

他对我说，女儿以后就算考不上大学，找不到工作，也不让女儿到西藏工作。

一位孩子已经上了大学的家长对我说，他根本没有资格索取孩子的爱，孩子能健康平安，学习上进，已经是菩萨保佑了。在阿里工作的外地人，上对不起父母，下对不起孩子，还愧对于另一半，一生都在负疚中生活。

他还对我说，普兰一个三岁的孩子，一直不会说话，随大人到内地，半个月以后，没有人教他，没有人强迫，竟然和正常孩子一样，滔滔不绝，说个不停。另一个四岁的孩子，在内地吃喝拉撒睡，完全能够自理，到了藏北改则县，从来不尿床的孩子，天天尿床，夜夜啼哭。

阿里的许多官兵，好不容易找到心上人，却不敢谈及怀孕的事。有的军嫂不清楚高原的情况，算好排卵期，向单位请好假，千里迢迢来到阿里，想和丈夫怀上孩子。丈夫悲喜交加，无语泪两行。

为了解决大龄官兵生育难的问题，阿里军分区作了一项暖心工程，让已婚大龄官兵下山工作一段时间，调养身体，与自己的爱妻生育。

高寒缺氧，生命脆弱，依然遏制不住生命的力量。

2011年6月，陕西援藏医生罗蒙，邀请我到阿里地区医院体验生活。地区医院是整个阿里地区条件最好的医院。尽管如此，院子正中只有一口水井，医护人员每日从井里汲水，患者家属也从井里取水。医生手术前清洁器械、洗手、消毒，用的热水不是从水龙头里流出来的，而是在火炉上烧好后，装在水壶中，用多少倒多少。

罗蒙是阿里高原上唯一一位男性妇产科专家，不管是患者还是医护人员，都很尊重他、信任他。每一个产妇和家属都希望他帮助接生。产妇进到手术室后，不像内地产妇，一脸焦虑和惶恐。藏族产妇躺在手术台上，往往是一脸坦然，微笑着，偏着头，细嚼慢咽着丈夫和家人递到嘴边的酥油茶和奶渣。整个生产过程，都有家人陪护。

罗蒙大夫在不到一年的时间里，把将近200个小生命迎接到人世间。200个婴儿中，一个死在胎中，一个产后回到牧区，因病死亡。

罗蒙大夫总结阿里婴儿状况，发现超过八斤的巨大儿很少，双胞胎较少。地区疾病控制中心的相关人员对阿里儿童疾病状况比较熟悉，认为阿里儿童常见病、多发病的发病率高于内地。

我在地区医院的手术室里，亲眼见到的一个新生儿，体重只有四斤。尽管如此，躺在手术台上的高龄产妇，听见孩子的啼哭，笑得合不拢嘴。

我知道，他们会好好爱着每一个小小的生命。

祝愿格列和春晓有一个健康的小宝贝，享受幸福快乐的中年和老年生活。

这辈子只能怀念

周鹏没有进藏以前，怎么也不会想到自己与西藏的缘结得如此深沉。那个叫底雅的名字雕刻在心壁上，慢性病一样，时时想起，时时隐痛。

周鹏的老家在贵州毕节，到西藏林芝当兵以后，考上了陕西咸阳西藏民族学院，定向分配到西藏工作。来到阿里地区以后，才知道有个札达县，到了札达县以后，才知道底雅区。他被分配到底雅区政府工作，这时正是 1996 年的夏季。

从札达县城到底雅区 300 多公里，骑了五天马。快到底雅区的时候，要翻一个达坂，这个达坂叫马阳达坂。从马阳达坂向下看，村庄小得像饭桌，房子小得如手掌，象泉河玉带般蜿蜒曲折，那就是底雅区所在地。从海拔 5000 多米高的马阳达坂，急剧降至海拔 1900 米的底雅区，气候从寒带进入温带。

底雅区竟然遍地盛开着野玫瑰，各种野花争相辉映，杏树、苹果树长满山坡，一家与一家之间，有林荫小道相连。

周鹏一下子喜欢上了这个地方，但他还没有来得及了解底雅区的历史和现状。

1959年，全西藏进行民主改革，底雅没有同步。直到1985年9月，地、县、区联合工作组完成了底雅、什布奇、楚鲁松杰三个未改乡的建乡工作。成立了乡人民政府和村民委员会，选出了乡人民代表，重新分配了草场和田地。

关于三个乡为什么20多年以后才与西藏其他地区一样进行民主改革，成为神秘的未改乡，说法多种多样。

有人说，马阳达坂常年积雪不化，封山期半年以上，民主改革的时候，工作组试图进入底雅，但无法抵达。1962年爆发中印战争，地处边境的三个乡民改之事，也就不了了之。

中共中央党校博士生导师、社会人类学家徐平，曾历尽千辛万苦，徒步、骑马、搭车，差点摔下深谷，冒着生命危险，在未改乡进行社会调查，历时两个月。他对当时的未改原因，有自己的看法和见解。

徐平认为，当时民主改革的浪潮，虽然没有波及喜马拉雅山脉深处的底雅，但各种谣言四起，逃亡国外的康巴叛匪来到边境，骚扰破坏，传播红汉人要抢劫瓜分富人财产和土地，还要在人头上钉铁钉，各个村庄的人大量逃亡。1968年，解放军开始每年在底雅例行巡逻之后，康巴叛匪才逐渐消失。逃亡之路，艰辛而漫长，惶惶不可终日的边民，始终在徘徊和观望中。直到人们逐渐定居下来，过上了相对稳定的生活，民改之事，才水到渠成。

在底雅工作的周鹏，闲来无事，喜欢在树林间行走。山头哨所的印度兵走来走去，稍不注意，空罐头盒滚下山来，会滚落到周鹏的脚边。狼群、岩羊、乌鸦经常跨国游荡，这几天在中方，过几天无人驱赶，又去了国外。

印度商人时常来到村庄，马背上驮着菜油、大米、火柴、红蜡烛，也会倒卖一些尼泊尔工艺品，雕花的木碗、手工的银器、晶莹的首饰。换走底雅村民的牛肉干、羊毛、酥油、杏干。这样的边民贸易，很少流通货币，一般都是物物交换。

没过两个月，周鹏就感到了底雅的枯燥乏味，生活单调。每年大雪封山半年以上，一封信，一张报纸，半年以后才能读到。没有稳定的照明电，没有方便的电话可以打。一年四季，几乎见不到一个陌生人。再紧急的事，再焦虑的心情，也无人倾诉。

年轻的周鹏需要倾诉，他的思念在远方，在千山万水之外的地方。那里，有一个他心仪的姑娘，常常进入他的梦乡。

周鹏在陕西咸阳西藏民族学院读书的时候，认识了一位彬县姑娘，当时她在学校打工。

路途再远，也阻隔不了相思之情。1997年夏天，姑娘随周鹏的师弟们，从咸阳出发，乘火车到达乌鲁木齐，然后乘长途汽车，历时数日，翻越喀喇昆仑山，来到阿里，来到札达县的底雅区。大雪很快封山，姑娘只能留在底雅，陪周鹏度过漫长的冬季。象泉河被厚厚的冰雪覆盖，农牧民过河放羊走亲戚，直接从冰面上过去。

1998年1月3日，周鹏在家做饭。好一阵不见女朋友回来，便出门四处寻找，发现冰面上有新脚印和破碎的冰块。他意识到不好，找来钢钎铁锤，凿开冰面，不见女友身影。冰面潮湿，炸药派不上用场。只能沿河面向下寻找，一直找到象泉河出国境的地方，依然活不见人，死不见尸。

周鹏完全绝望了，他不想看见底雅，不想看见象泉河，他得立刻离开这个伤心之地。

他背上干粮，逆象泉河而行，在冰河上行走了一天以后，终于找到马匹，翻山越岭到札达县城，长途奔波到陕西彬县女友家中。瞒着七十多岁的母亲，周鹏向姑娘的哥哥姐姐说明情况。姑娘家人通情达理，反倒劝慰周鹏保重，以后尽量不要再联系，免得伤心。

周鹏从陕西回到贵州毕节，心灰意懒，热情顿消。

来年6月，象泉河冰河消融，什布奇边防连巡逻的时候，在河道里发现了一具女尸。把电话打到县上，县上把电话打给周鹏，周鹏匆匆忙忙从贵州赶到底雅。战士们出于好心，埋葬了尸体。就在周鹏回到底雅的前几天，一场洪水，冲走了坟墓。

周鹏没有死心，沿象泉河继续寻找，想找到哪怕一条胳臂、几根头发，送回彬县老家，为她修一座坟墓。但什么也没有找到，最后的心愿落空了。

周鹏彻底崩溃了，白天黑夜守在象泉河边，叹息，叹息，再叹息。等待，等待，再等待。

一晃几年过去，县上一个工作组来到底雅，了解到他的情况，担心他在底雅长期烦恼忧郁会出事，就把他调到县城工作。

2011年6月，我在札达县见到周鹏的时候，他已经是县发改委的主任。他说，自己已经结婚生子，妻子善解人意，贤惠能干，对他以前的感情也很理解。

老家毕节家中，至今保存着前女友的照片，如果阴历七月十五日他恰好在家，给祖宗烧纸钱的时候，就会给她烧一份。

现在，已经修通了从县城到底雅的公路，尽管大雪还是封山，毕竟方便了许多。每年，他都会到底雅下乡，在象泉河边驻足良久。

他说，这一生可能就在札达度过了，毕竟离象泉河近些。

不来西藏后悔一辈子

张毅中专毕业以后，没有像父亲和姐姐一样，在安徽宿州老家当教师，他要去当兵。当兵有三个地方可以选择，北京、湖北、西藏。父母不同意他当兵，如果当兵，只能去北京，坚决不能到西藏。

张毅当兵就是为了到西藏，歌声中的西藏多么美好。

他在拉萨的部队里，当过装甲步兵、通讯员、文书。后来他发现，部队大学生在地方特别受欢迎，就考上了陕西咸阳西藏民族学院。

在西藏，有个说法，西藏大学是藏族人的北大，咸阳西藏民族学院是藏族人的清华。

很快，张毅的组织能力和高度的情商就体现了出来。早在老家上中专的时候，他就是一名党员。部队生活经历，使他如虎添翼，不但当上了经济系团支部书记，还当上了系学生会主席。直到2004年大学毕业，同学们为他过二十五岁生日的时候，政法系学生会主席赵晓琴也过生日，本来就情意渐浓的两个人，惊喜地发现，两人竟然是同年同月同日生。

部队大学生分配要去最艰苦的地方，那曲、阿里，是西藏七个地区中最艰苦的地区。张毅来到阿里，被分配到噶尔县工作。到了阿里以后，发现阿里的传说几乎属实。省一样大的面积，乡镇一样少的人口，搞着现代化建设，过着原始人的生活。

女友赵晓琴已经在拉萨八一学校上班，爱情的力量促使她放弃了拉萨的生活，追随张毅，前往阿里。从拉萨出发，车走到措勤地界，她就泪眼蒙眬。高处是雪山，低处是戈壁，无边无垠，寸草不生，哪里是尽头，哪里能生存。到了县城，终于可以打通电话，赵晓琴一听到张毅的声音，就大哭不止。

两人终于在清澈蜿蜒的狮泉河畔牵手，艰苦的环境让他们更懂得珍惜，更知道生命的价值。2008年6月6日，赵晓琴在山东单县老家生下了一对双胞胎女儿。两个天使般的女儿，跟张毅的父母生活在安徽宿州。

张毅家已经是四世同堂，耄耋之年的爷爷，退休在家的父母，聪明伶俐的女儿，唯独作为顶梁柱的张毅和妻子赵晓琴，工作、生活在阿里。小两口把一双女儿的照片制作成一幅巨大的张贴画，贴在客厅的墙上，一进家门就能看见。

三十岁刚出头的张毅和赵晓琴，与众多的阿里同龄人一样，工作勤奋，朝气蓬勃，逐渐成为阿里干部队伍的中坚力量。张毅，刚从阿里地委调离，到昆沙乡挂职。妻子则在昆沙机场公安处担任主任职务。

偶尔，在狮泉河镇的街道上碰见他俩，打过招呼以后，转过身去，看见他们渐行渐远，总觉得两人中间显得空旷，那空旷里，似乎缺些什么。

阿旺多吉，给人一种少言寡语的感觉。

其实不然，主要看跟什么人在一起。比如，跟妻子仇伲在一起，就不大说话，笑眯眯地看着妻子说个不停。而跟我说起家乡樟木的时候，词语繁盛，意犹未尽。

阿旺多吉的长相不同于藏族人，也不同于汉族人，个头不是很高，消瘦，指甲盖呈粉红色。三十岁的他头发浓密，但白发清晰。

原来他是夏尔巴人，家在樟木口岸。因为家里只有他一个小孩，喇嘛是藏族人，所以给他取了这个藏族名字。阿旺多吉在藏语中是珍贵宝石、宝贝的意思。从小在中国和尼泊尔交界的地方玩耍，结交了许多尼泊尔伙伴。平日里，主食吃米饭，不用筷子、勺子，用手捏成团，抓着吃。他认为尼泊尔大米比内地大米细腻好吃。

阿旺多吉在樟木镇上的小学，初中在聂拉木县城上的，高中在日喀则上的，大学在陕西咸阳西藏民族学院上的，专业是工商管理。上高中时，老师说全班就你一个夏尔巴人，干脆跟大家一样吧，于是他就改成了藏族。

阿旺多吉会说四种语言，藏语、汉语、尼泊尔语、英语。多才多艺的他，在大学分配的时候却犯了迷糊。派遣单上写着"区工商局"，同学帮他分析，应该是阿里地区工商局，而不是西藏自治区工商局。他便来到阿里，阿里地区工商局自然不会放过抓住人才的机会，将错就错，阿旺多吉就留在了阿里。

很快，同事仇伲就看上了淳朴善良的阿旺多吉。仇伲是一位皮肤白皙、漂亮能干的四川绵阳姑娘。两人在地区工商局工作出色，家庭和睦，出双入对，引来无数羡慕的眼光。

但他们也有遗憾，结婚几年来，仇伲流产两次。医生说，原因是胎儿在母体中缺氧导致。

仇伲是个快乐阳光的女孩，更愿意谈一些快乐的话题。

然而我清楚，笑容的背后，有一种强大的力量。这种力量，叫坚强。

扎西罗布，是土生土长的措勤人。

他的父亲曾经在措勤县人大工作。是措勤一位县级领导，现在父母退休，在拉萨生活。

扎西罗布小学在措勤县城上的，初中在山西太原西藏班上的，高中在成都西藏班上的，大学在西藏大学上的，目前在措勤县工商局当局长，领导两个兵。

作为阿里本地人，扎西罗布的妻子与他也两地分居，妻子远在噶尔县昆沙乡政府工作。两人一年见两三次面，见面地点在狮泉河镇的岳父家。

对此，他没有一点怨言，甚至对我说，他要一直在阿里工作，生是阿里人，死是阿里鬼。退休以后再到拉萨，和父母孩子一起生活。

扎西罗布生于 1980 年，从小见证着措勤的艰苦。一夜风沙，能把房门堵住、房顶吹跑，人畜被吹进湖泊淹死。一场雪灾，能把牧民辛辛苦苦放养的牛羊，一个不留，全部冻死、饿死。一年四季，不管是牧民还是机关干部，都戴口罩。夏季县城人还多一些，冬季一条街上见不到几个人。穿着厚厚的羊皮袄，像什么都没有穿一样，人冻得行动缓慢，思维迟钝，反应木讷。

几岁的时候就听大人说，一位内地的大学生，毕业于北京的一所师范大学，主动申请到西藏工作。组织上把他分配到拉萨的一所学校教书，他不愿意，非请求到西藏最艰苦的地方。他自然就到了阿里，阿里领导格外惊喜，热情欢迎，终于盼来了首都北京的高才生。把他送到地区中学教书。他依然不同意，要求到更艰苦的地方工作，把最美好的青春和年华献给西藏的教育事业。组织上慎之又慎，将他送到了阿里地区七个县中条件最艰苦的措勤。当时，措勤没有中学，只有小学，这位高才生就在措勤小学当了一名教师。

校园里终于响起了悠扬的二胡声、清脆的口琴声。老师、同学欢天喜地，逢人便说，措勤来了一位天下最白净的男人。没过多久，二胡声渐渐变弱，口琴声显得凌乱。再后来，什么声音都没有了，一切归于平静。

谁也不知道大学生去了哪里。后来，听过大学生优美乐曲的人去内地出差学习，四处打听，杳无音信，好像那个人根本就没有到过人世间，没有到过阿里和措勤。

外地人离开措勤以后，会有后怕的感觉。扎西罗布则谈笑风生，幸福快乐。

他还给我说起一件事，一位分配来措勤工作的人，一年以后，搭乘一辆大卡车，回到青海格尔木的家中。当时阳光灿烂，碧空万里，母亲打开房门，连问他几声，你找谁？

胡子拉碴、面孔黢黑的儿子忍受不住这句问话，一头扑进母亲怀里，号啕大哭，边哭边说，我找你。

措勤的孩子从小没有见过树，不知道鲜花长什么样子。到拉萨以后，抱住柳树大声喊叫，这花好大啊。

扎西罗布对我说，他经常听到一句话，不来西藏后悔一辈子，来了西藏一辈子后悔。

但他不会离开西藏、离开阿里。他说，如果在西藏和内地两者中间选择，他会义无反顾地回到西藏。

他对措勤干部队伍结构、文化生活状况了如指掌。

2003年，扎西罗布大学毕业，被分配到措勤县工商局工作。

全年分配来37名毕业生，女性4人。由于电力不足，文化娱乐设施缺乏，工作之外或节假日却是进茶馆，或者晚上看三个半小时电视。大部分单身的人养成了泡方便面、喝酥油茶、吃生肉，凑合过日子的习惯。许多人将电话作为精神寄托，有的一天通话时间长达8个小时，月缴话费高达1000元以上，占月工资的一半。

深处藏北高原的措勤物价较高，日用品高出拉萨50%，蔬菜高出2~3倍，水果高出3~4倍。一家人分居几地，尽不到为人父母、为人儿女、为人配偶的责任。已婚干部中，绝大多数家属无收入，家属交通费、子女托养、借读等费用使得措勤这个贫困县与西藏其他地区反差更大。

措勤海拔 4700 米，大大超越人类的身体承受力。由于海拔高、紫外线辐射强、风沙大、寒冻期长、饮食条件差，人们不同程度地患有高原心脏病、呼吸道病、结石病、结核病、风湿病、肠胃病、伤冻、白内障等疾病，加上工作生活的消耗，各种疾病极易复发、易反复。长期的孤独、单调、枯燥，容易形成难以克服的高原综合征。

杨保团曾经在措勤工作过十多年，2007 年从阿里地区农牧局调回老家咸阳畜牧局工作。几年过去了，额头上还有一圈褐色黄斑。他拍着脑门感叹，高原斑真难掉啊。

扎西罗布说，在我们措勤，外来人才留不住，本地的大中专毕业生千方百计向外跑。措勤养育了我，在措勤工作，是我的职责，也是义务。

无独有偶，四川小伙子张明林，几乎跟我说了同样的豪言壮语。

他说，我从四川省电力职业技术学院毕业，是毕业生中几个党员之一，还是学生会干部，按照当时条件，可以在四川电力系统工作，或者留校当老师。一纸申请，将自己送到了西藏阿里，目前在地区扶贫办工作。当时，有人认为我脑袋瓜发热，坚持不了几天。也有人认为我为了仕途通达才来阿里。

十年过去了，没有人再猜测，我也无怨无悔。其实，我的想法非常简单，就是到祖国最艰苦的地方工作，因为我是一名共产党员。

益西坚村终于坐上了飞鸟

人们脚踩大地，梦想却是从天空开始的。无论在世界的哪个角落，这一理论放之四海而皆准。尽管阿里高原被人说成"天上无飞鸟，地上不长草，风吹石头跑，四季穿棉袄"，依然遏制不住一个少年的梦想和对外面世界的向往。

益西坚村，出生在中国和尼泊尔交界的一个村庄，很小的时候，沿着孔雀河放羊，走不了多远，羊和人就被挡住去路，如果继续再走，就到了外国。身体受阻，想象则插上了翅膀，飞到更高更远的地方。

阿里高原不是所有的地方都无飞鸟，班公湖上的鸟岛，就有成千上万的斑头雁、棕头鸥，随季节变化，去兮来兮。圣湖玛旁雍错，鬼湖拉昂错，也有各种水鸟嬉戏飞翔。天葬台附近的秃鹫，更是队伍庞大，个头肥硕。

益西坚村，把对美好未来的憧憬，寄托在飞鸟身上。

直到有一天，他见到了另外的飞鸟，有了更新的想法。这个时候，他已经长大，知道那种巨大的铁家伙叫飞机，而不是家乡人说的神鸟、神鹰。

因为好奇，所以关注。长大了的益西坚村，几乎记住了所有来自雪山以外的飞机。

1967年2月22日，中央派飞机给阿里运送防治牛瘟病的血清。

1973年3月19日，阿里普降大雪，交通中断，藏族群众生活必需的砖茶供应断货，周恩来指示武汉空军，为阿里藏族群众空投10吨砖茶。

1980年春，阿里地区日土、噶尔一带大雪成灾。解放军总参谋部，由武汉调来安-12型运输机，从新疆和田向阿里空投了半个月的急救物资。

1985年7月28日，胡耀邦在新疆叶城，同阿里军分区政委袁国祥谈到，阿里经济繁荣，要靠空运，要进口一些适应高原的飞机。

1986年9月5日至10日，驻疆空军某部直升机试航阿里地区成功，在日土降落。结束了阿里不通航的历史。

1988年10月底，阿里军分区和叶城基地，在总参和兰州、新疆、南疆三级军区关怀下，按要求保质保量完成了叶城、三十里营房、日土、狮泉河、巴尔五个直升机场的建设任务，并建立了飞行保障中队。

2000年4月16日，同样是一架绿色直升机，降落在阿里军分区西边那片红色的山坡下。听见飞机的轰鸣，就知道又来接病人了，这一次接走的是他们的地委书记白玛才旺。

人们走出家门，走过刚刚解冻的狮泉河，把一条条洁白的哈达献给白玛才旺，献给直升机。前来送行的行署专员多吉泽仁与白玛才旺紧紧拥抱，泪如雨下。人们都意识到，他们的白玛书记患的是心脏病，即使能痊愈，也很难回到阿里高原。

机长按照白玛才旺的要求，在狮泉河上空盘旋一周，才飞过雪山，飞向新疆方向。

人们仰望蓝天，久久不肯离去。

这个时候，送行的人还不知道，白玛才旺虽然乘上飞机，飞离了阿里高原，但依然面临着危险。

由于缺乏飞行资料，直升机在飞行途中，油料不够，中途降落加油，加之遭遇强气流，飞机颠簸剧烈，患者心脏几近停止跳动。

直升机抵达喀什机场，白玛才旺转乘民用客机前往乌鲁木齐，再转机到北京治疗。因为直升机没有按时到达喀什机场，已经坐在机舱中的乘客被告知，飞机晚点起飞，等待一名从阿里来的病人。人们没有怨言，只有感叹和焦急。叶城、喀什是阿里人的大后方，是阿里人的天堂，从内地走上阿里高原的人，都要经过这里，南疆人深深理解阿里的艰苦。来自阿里的患者，就是他们的朋友。

正如阿里人担心的那样，恢复健康的白玛才旺，心系阿里，心脏却无法适应阿里的环境。组织上安排他在拉萨工作，曾任西藏自治区政府副主席、政协副主席等职。

为了改善新疆到西藏的新藏公路病害严重状况，延长全年通车天数，提高运力，中央决定，新藏公路由武警交通部队管护。2002年4月，中国武警交通部队第八支队从乌鲁木齐挥师叶城，从叶城出发，来到阿里高原，养护和保通新藏公路。长长的车队中，有一位叫黄帅的驾驶员，患上了感冒，很快转移成肺水肿、脑水肿，生命危在旦夕。

又一架直升机飞临阿里，还没有降落，黄帅就永远地闭上了眼睛，飞机只接走了他的两名患病战友。

见证了患者转危为安的奇迹，益西坚村和众多的阿里人一样，对飞机的渴望愈加强烈，盼望阿里有一个固定的机场。飞来的不单是小型直升机，还有大型客机。

退休在家颐养天年的益西坚村，刚刚点燃一支藏香，一首好听的歌曲飘然而至。他站在原地静静倾听，任由藏香在手中燃烧。

> 你来自那遥远遥远的天上
> 你来自圣祖安养千年的殿堂
> 你有那美丽而神奇的传说
> 你有那圣祖神灵赐给的力量

老人激动万分，脑海中闪现着翱翔的雄鹰、盘旋不去的绿色直升机、漂亮的银灰色客机。在阿里工作几十年，饱受阿里交通不便的苦难，从家乡的土地腾飞起航，飞上蓝天，是件多么幸福的事啊！

2010 年 8 月，阿里机场刚刚通航一个月，在狮泉河镇售票大厅，益西坚村没有买到从阿里到拉萨的机票。第二次，专程到 50 公里以外的昆沙机场买票，还是没有买到。返回途中，车过沙子达坂的时候，身体本来就不好的他，高血压突发。终于乘上飞机，被送往成都住院治疗。终因医治无效，几个月以后，静静离去。

昆沙机场附近，有一大片湿地，水草丰美，觅食的黑颈鹤和雄鹰喜欢在清晨起飞。雪山、湿地、黑颈鹤、牛羊，构成了一幅壮美的画面。每当飞机腾空而起，穿越云层，飞向蓝天，总有一只雄鹰，紧随其后，翩然而去。

走进天路，走向天堂的路

1984 年，十八岁的张良善从山清水秀的陕西安康来到新疆叶城，在步兵连当了一名炊事员，每天做 40 个人的饭，外加喂 8 头猪、10 头驴。

有一天，驴圈里少了 2 头驴，他想去一墙之隔的另一支部队的驴圈里瞅一瞅，连长说，没关系，少了就少了。过了两个月，猪圈里莫名其妙地多了两头猪，他报告给连长，连长说，多了就多了，猪和驴加起来总数没变就行。

他觉得连长是个好说话的人。

在新藏公路零公里处，立着一块巨大的牌子，上面写着几个醒目的大字——走上高原，走向阿里。牌子周围总是集聚着车辆和长途汽车司机。有时候，部队的汽车兵也参与其中，聊得最多的是新藏公路上的奇闻逸事，常常说出一串顺口溜。

红柳滩上吃过饭，

界山达坂尿过尿，

> 死人沟里睡过觉，
>
> 班公湖里洗过澡，
>
> 谁英雄谁好汉，
>
> 昆仑山上走着看。

大家一边抽着烟，一边哈哈大笑，自豪之情、满足之意，溢于言表。

他逐渐了解到，阿里军分区汽车营组建于1975年，常年奔驰在千里边防线上，担负着阿里高原边防物资运输保障任务。在阿里军人中，汽车兵享有很高的地位，被称为"天路铁骑"。

回到连队，张良善主动请缨，到汽车营当驾驶员。连长点个头，他就走了。

第一次上高原，自然有师傅陪着，他们穿行在大片大片的棉田中间，粉红色的花朵铺天盖地，迎风招展。叶城的天空瓜果飘香，南疆的大地牛肥马壮。师傅见他乐滋滋的样子，淡淡一笑，什么也不说。

树木逐渐稀少，河流逐渐变窄，雪山逐渐凸显，喜悦逐渐恬淡。库地达坂、麻扎达坂、小黑卡、大黑卡、康西瓦、奇台达坂、死人沟、界山达坂、红土达坂、狮泉河达坂，一路而行，终于到了阿里军分区所在地狮泉河镇，他那快要蹦出胸口的心脏终于平静下来。

到了狮泉河镇，师傅把他领到烈士陵园，为进藏先遣连李狄三和他的战友献上哈达，点燃香烟，洒上白酒。并对他说，新藏公路上，也牺牲过我们的战友。

几天前，师傅领他走进康西瓦烈士陵园的时候，告诉他这些烈士牺牲的时候都很年轻，主要是 1962 年中印战争中牺牲的军人。有人想把他们迁移到叶城烈士陵园，方便家属祭奠。掘开坟墓以后，发现尸体完好无损，面容红润，胡须毛发就像刚洗过一样，清晰可见，人们瞠目结舌，惊呼奇怪。其实不怪，终年冻土将烈士们保护得完好无损。好心人断了迁移坟墓的打算，家属们却难以抵达荒漠中的康西瓦。年轻的烈士们，只能生前寂寞，死后孤独。

路过康西瓦的部队官兵和善良之人，无论是上高原，还是下高原，只要经过康西瓦烈士陵园，都要祭拜荒野中的烈士，告慰他们的灵魂，感念他们的精神。如果时间来不及，不能停车前往，经过此地，也会按响喇叭，鸣笛致敬。

第一次上高原的军人，都会到康西瓦烈士陵园和狮泉河烈士陵园拜谒，这是约定俗成的规矩。

祭拜康西瓦烈士的时候，张良善有高原反应，头痛恶心，对师傅的讲解没怎么记住。这一次，他记住了师傅的说教，尤其对新藏公路牺牲过汽车兵记得清楚。

来到阿里，见识了人烟稀少，荒漠戈壁，才理解部队为什么舍近求远，不从本地就近运送物资到各个边防连，而要从千里之外的叶城，耗时费力，运来钢筋、水泥、焦炭、被服、大米、调料、土豆、白菜、洋葱、粉条、碗筷、针线，枪支弹药、柴油、发电机，所有的一切都得从物产丰富的南疆运来。

从阿里返回叶城的路上，张良善陷入了沉思。

他主动要求到汽车营的时候，有人就对他说过，汽车兵刚开始都热情高涨，体会了翻车、死亡、饿得头晕眼花，就乐不起来了。三个月以后，有的垂头丧气换了岗位，有的干脆复员，一走了之。

回步兵连，还是当汽车兵？张良善犹豫了。如果当汽车兵，有可能就踏上了不归之路。新藏公路，被人称为"天路"，天路把许多人直接送进了天堂。

恐惧在周身蔓延，他不知道该怎么办。师傅握紧方向盘，专心开车，他则把目光投向路边。积雪少一些的地方，横七竖八地散落着动物的骨头，在阳光的照耀下，发出莹白的光芒。汽车飞驰，路边的骨头没有减少，反而增多，公路延伸到哪里，白骨就铺展到哪里。

不会是人的骨头吧？这个念头一闪而过，他就吓出一身冷汗。

师傅揣摩到了他的心思。边开车，边向他讲起了往事。

新藏公路没有修通以前，新疆军区集中各地的 2000 余峰骆驼、1000 多头毛驴，专为阿里运送物资。春、夏由骆驼运输，冬天则是毛驴和牦牛。每次到阿里送给养，众多的骆驼组成的驼队蔚为壮观，浩浩荡荡行进在雪山荒漠之间。昆仑山气候变化无常，队伍行进途中，中间的队伍晒着太阳，前后队伍则淋着雨。一会儿阳光四射，一会儿飘着雪花，一会儿下着冰雹。有时候，骆驼走着走着就栽倒了，再也站不起来。有的牲畜有高原反应，口鼻流血，行动缓慢，一个跟斗，摔下山谷，生死未卜。上阿里的时候牲畜有吃的，归途时没有饲料。加之路途遥远，劳累和高山缺氧，许多牲畜的蹄子都磨破了，近一半的牲畜死在途中。

驼队走上昆仑，前往阿里，一个单趟需要 45 天。白天凄风苦雨，风雪无阻；到了晚上，人住帐篷，牲畜卧在帐篷外，遇到狼群野牦牛，牲畜是第一道防线。天寒地冻，人畜相依，互相取暖。运输队的骆驼、毛驴、牦牛，死了一茬又一茬，补够数量，再上昆仑，斗转星移，运力不减。

1951 年夏天，一支驼队翻越昆仑山，给进藏先遣连在内的阿里支队送给养，出发时 200 多峰骆驼，返回时不到 100 峰。当骆驼队把第一批粮食、棉衣送到时，阿里支队官兵激动得流下眼泪来。他们知道，阿里边防一人守防，新疆就要有两个人和 5 峰骆驼来保障，每运到阿里的一斤粮食，相当于新疆 25 斤的价格。

1957 年 10 月 6 日，在部队官兵和当地民工的艰苦努力下，新藏公路全线通车。起始点为新疆叶城县至西藏阿里地区当时的首府噶大克，全长 1179 公里。全线海拔 5000 米以上的地段有 130 公里，是世界上海拔最高的公路。

新藏公路通车，解放了骆驼、毛驴和牦牛，也解放了赶驼人，使更多的外来者走上高原，走向阿里。

新藏公路通车以后，从叶城到阿里，往返一趟需要十天半个月时间，中途翻越十多个冰达坂，趟过 44 条冰河。春季和秋季，雪花纷飞，容易发生雪崩、寒流、暴风雪，夏季经常遭遇洪水、泥石流、塌方。每年 3 月至 11 月通车，漫长的冬季，大雪封山，车辆停运，汽车兵就到边防哨所站岗巡逻。

阿里地方政府归西藏管理，部队一直归南疆军区、新疆军区、兰州军区管辖。从拉萨到阿里路途遥远，道路崎岖，沿途补给少，加上拉萨本身的物资基本上由外地调运，新藏公路对阿里来说，是名副其实的生命线。

多年以来，新藏公路已成为阿里人员进出和物资供应的大通道。

张良善听着师傅的讲述，对师傅更加敬佩，对能当上一名汽车兵，没有后悔，反而庆幸。

当汽车兵没过多久，他就随师傅一道去札达县山冈边防连，接运烈士周治国的遗体。

周治国生前是山冈边防连的一名报务员。盛夏的一天，连队巡逻来到帕里河，雪水如脱缰的野马，从山上急泻而下，受惊的军马在水中狂躁打转。周治国怕电台被溅起的水花淋湿，就从马背上下来，把报话机紧紧抱在怀中，不料被激流连人带马卷入漩涡。牺牲的时候，他喊了一声——保护电台。

官兵们沿河寻找数日，没有找到他的遗体。与印度军方会晤，请印度军人协助寻找，也没有消息。直到两个月以后，牧民放羊的时候，才在下游两公里处的一块巨石下，发现了周治国的遗体。在牺牲的前三天他才过二十岁生日。

从山冈边防连出发的时候，天色已晚，下小子达坂陡坡的时候，发动机突然熄火，车灯不亮，手电筒没电，打火机打不着。借着月光，打开车盖摸索着检查，一切正常。师傅和他对望一眼，同时爬上车厢，周治国的遗体包裹着白布，用绳子捆绑在木板上。由于颠簸厉害，此时的周治国的遗体连同木板一起搭在车厢围栏上，稍微再颠簸，遗体和木板就会掉下车去。

两人一边捆扎好遗体和木板，一边念念有词：治国，好兄弟，不会丢下你不管，好好的，咱们一起回家。

两人给周治国烧了纸钱，洒上酒，说了更多的好话。

再启动，发动机轰鸣，车灯明亮，刚才的一切似乎是一场梦。

还有一次，一辆车在雪地上行驶，不小心翻下了悬崖，造成两死一伤。悬崖太陡，冰雪湿滑，人员无法下到崖下救人。张良善开来吊车营救，伸出长长的吊臂，把死人和活人全都吊上公路。一名伤员非常虚弱，生命危在旦夕。救护车水箱却在此时开锅，无法开动。人们眼睁睁地看着伤员咽气后，救护车的毛病却自然消除。

张良善对这条路逐渐熟悉，哪里容易发生雪崩，哪里容易发生泥石流，哪里有拐弯需要打几把方向盘，都铭记在心。回到叶城留守处，战友们吹牛的时候，他也能信口说来。

库地达坂险犹如鬼门关
麻扎达坂尖陡升三尺三
黑卡达坂悬九十九道弯
界山达坂高伸手可摸天

再高再险的路，只要道路平坦，车况良好，大家都很乐观，怕就怕意想不到的危险突然降临。

1987年10月，又向阿里运送物资，出发前，他把自己车上备用的配件借给了另一名驾驶员，返回叶城要经过距多玛130公里，距红柳滩230公里的无人区，在这时，车上的齿轮突然坏掉，没有配件，他只好让副驾驶搭乘另外一辆下山车取配件，自己留下来看车。常年奔波在新藏线上的官兵，都知道这样一句口头禅，天不怕地不怕，就怕红柳滩到多玛。

一等就是15天。

临别时战友给他留下两天的干粮，干粮吃完以后，只能到十几公里外的小湖边用铁锹打鱼，然后用喷灯和高压锅将鱼煮熟。高原鱼皮厚得像筷子，没有调料，难以下咽。被困的十几天里，每天的事就是打鱼、煮鱼、吃鱼、睡觉。后来几天看见鱼就恶心呕吐。救援的战友看见黑瘦的他和一大堆鱼骨头后，一句话都说不出来。

临近冬日的一天，大雪马上就要封山，汽车营接到为阿里一个边防连送一车冬菜的任务。老驾驶员大部分休假，新手不敢上路，张良善主动请缨。去的时候比较顺利，返回途中，40多厘米厚的积雪覆盖了界山达坂，他和副驾驶一起挖雪开路，勉强挖开几尺，雪花比核桃还大，刚刚开拓的路面，转眼又被风雪掩埋，一天下来才走出两公里。汽车发动时间长，耗油量大，熄火时间长，又怕水箱冻坏，因此人也不敢休息。

他和副驾驶轮换着吃一些干粮，继续挖雪不止。干粮吃完了，饥饿困乏，却不敢到驾驶室睡觉，怕一旦睡过去，就起不来。吃完了一瓶野山椒，雪路还没有走完。爬上车厢找到一些米粒、馕饼屑，不等吹尽灰尘，一口吞下，打出来的嗝儿，冒着一股汽油味。没有提神的办法，就互相揪对方的头发、耳朵、鼻子。疲惫至极的副驾驶对他说，宁愿睡过去醒不来，也不愿意受这份罪。

从叶城到阿里，运输责任最大的要算运送新兵，不但车要安全行驶，还不能让新兵冻着、饿着。

1991年4月，叶城的石榴花红似火艳如霞，张良善踏上雪域昆仑，担负着运送17名新战士到普兰哨所的任务。途中遇到雪崩，把前面200米长的路堵死了。他让新战士下车休整，大部分新兵头痛恶心，呕吐不止。他就带着副驾驶挖雪开路。为了安全，他始终在前面开道，副驾驶紧跟其后。挖一段要吼几声，试探是否继续雪崩。

新战士要求替换他俩，张良善不同意，初上阿里的人，体力消耗过大容易导致休克。他也开始头疼，用绳子勒紧脑袋，坚持往前开道。两名新战士自称身体素质好，夺过铁锹，挖了不到五分钟，就瘫倒在地。

忽然，再次发生雪崩，他被雪块掩埋，副驾驶带着17名新战士把他从雪堆里扒了出来。新战士第一次见识这种情景，吓得目瞪口呆。大伙儿把剩下的两个馕饼让给他吃，他把两个馕饼分成小块，强迫新战士一一吃下，并告诫他们，驻守边防，首先要保住性命。

天逐渐黑了下来，寒风刺骨，星光闪烁，连队来了救援分队，新战士激动得大声喊叫，老班长，我们有救了。17名新战士哭成一团。他也控制不住激动，泪流满面。只是，背对着新战士，不让他们看见。

依然是冬天，他又接到给阿里军分区补送烤火煤的通知。

他带了5台车、10个人，计划了半个月的干粮，不料途中遇上了暴风雪，边走边挖雪开路。老解放车经不起颠簸，水箱漏水，发动机抛锚，烧瓦。途中荒无人烟，雪海茫茫，饥寒交迫。

时间一天天过去，大家饿得头晕眼花，还是不见过往车辆，得不到救援。五台车中他是老兵，又是车队的班长，勉强从驾驶室下来，差点摔个跟头。他咬着牙爬到车头下面，帮战友合瓦，修了不到十分钟，就支撑不住了，顺势倒了下去。

就在他倒下去的刹那间，眼角的余光看见一匹野狼正在追赶一只黄羊。仿佛黑暗中看见了光明，他猛地从地上爬起来，跳上另一辆车，加大油门朝野狼追赶而去，没追多久，狼丢弃了黄羊。当他下车正准备拾起被狼咬死的黄羊时，发现那只狼还在前方十几米的地方，喘着粗气，吐着红舌头。按响喇叭，狼根本就没有走的意思。于是，他挂上挡加大油门，朝狼冲去，同样饥饿的狼才逃之夭夭。

终于从狼的口中夺到了黄羊。雪水煮黄羊肉，每天吃一小块，10个人才没有饿死荒野。这一趟，前后跑了一个月零三天。

张良善的故事逐渐在汽车兵中传开，他被当做楷模和英雄，让人津津乐道。有人劝他转业，回到内地，开一家汽车修理厂，日子一定会红火。

这个时候，他有了一位天生丽质、聪慧灵秀的妻子，是来自陕西老家的何桂丽。自从有了美丽的妻子，他再也没有穿过油腻的衣服，妻子像众多的军嫂一样，住在叶城留守处。一次次送走精神焕发的丈夫，一次次迎回披星戴月的夫君。冬去春又来，贤淑的妻子逐渐理解了丈夫的工作，从此对高原上的边防军人和他们的妻子儿女，更加关照和帮助。

善良的女人容易满足，何桂丽意识到自己是个幸福的女人，十天半个月还能见到丈夫一面，那些边防军人，一两年都难见到家人。她的邻居，有好多是随军不随夫的军嫂。这些艰辛，有些是她体会到的，有的则是听来的。

什布奇边防连位于喜马拉雅山脉深处，紧邻印度。一年中，大半时间大雪封山，汽车兵必须赶在大雪封山之前，将一年所需的焦炭、粮油、蔬菜、柴油、枪支弹药、通信器材，全部运送到位。送一车海带粉条能吃几年，但不能天天吃这些东西。每次见到汽车兵，战士们就像见到亲人，欢呼雀跃。一年送一麻袋书信、两麻袋莫合烟、三麻袋报纸书籍。第二年再去，烟早抽完了，用报纸卷一种红草，当烟卷抽。

电视没有信号，只能看录像，演员说出第一句台词，战士们就能接上第二句，并能大段大段背诵对白。

什布奇边防连里有张良善的一个老乡，与他是同年兵。原本分配在步兵连，他觉得当兵就要到边防，到最艰苦的地方锻炼，所以申请到边防连。三年后复员回陕西老家，路过叶城的时候，抱住白杨树号啕大哭，见着蔬菜水果，不管生熟，抓住就吃。盯着长辫子姑娘不眨眼地看，一不小心，撞到电线杆上，额头碰出一个大包。

战友回到老家，不但能见到成片的树木稻田，还当上了一村之长，一次骑摩托车，意外钻进大卡车的车轮下，当即死亡。

千里新藏路上，最累不过驾驶员。手握方向盘，脚踏鬼门关，屁股坐的是阎王殿。有人在风雪中修车时，手抓住保险杠时间太久，松手时，手掌肉皮撕裂；有的因为冻伤而截肢；有的耳垂冻掉；有的甚至献出了生命；有的在牦牛发情期，为抢时间通过路段，被发情的牦牛连车带人推到一边；有的在深夜，点燃轮胎、坐垫、衣物，驱赶野狼，与狼周旋。车陷冰河，一直朝前开，一鼓作气冲上岸边；车陷沼泽，倒着开，迎着冷风，一夜风流——流一夜鼻涕；蜷着身子，睡车厢当床，只是轻如鸿毛的事；有人饿得吃牙膏，喝汽油，饮冰雪；有人冻死后，怀里揣着遗书，手里捏着馕饼。

恩爱有加的张良善夫妇，后来遭遇了人生最大的劫难。

1992年10月，即将分娩的何桂丽因重感冒住进医院。当时，向阿里运送油罐的车已经装好，次日一早就要出发。有人劝张良善留在叶城，照顾妻子，但他依然走上高原，挺进阿里。

车队刚到红柳滩，留守处就把电话打到兵站，让他连夜赶回。车到狮泉河镇，留守处把电话打到阿里军分区，说他妻子第二次住院，即将分娩，难产。

卸完油，连夜开车往山下赶。到了多玛兵站，留守处的电话追到兵站，问他是保大人还是保小孩。

他哽咽着说，都要保，都要保，实在不行，就保大人。

他上车就跑，五天的路程，他用了一天一夜就赶到了。回到叶城，孩子已经夭折，妻子因为大出血生命垂危。他在病床前守了 15 天。妻子弥留之际对他说，以后，跑山上的路，要慢一些。

埋葬了妻子，买来水泥和沙石，他要亲手给妻子立个墓碑。碑文还没有刻好，得知营里要往阿里运送一批战备物资。前往阿里的道路已被大雪封住，阿里已被万重雪山围困，孤悬天上。这时闯入阿里，技术必须过硬。

他说他要以这种方式表达对爱人的悼念。完成任务以后，从阿里回到叶城，他亲手刻好碑文，背上墓碑，立在爱妻坟前。

没过几天，亲戚来信，再次把他推进深渊。妹妹在老家病故，父亲难以承受失去儿媳又失去女儿的打击，痛苦万分，哭瞎了双眼，不慎从楼上摔下，腿被摔断。

往后的日子里，张良善无数次来到墓前，与妻子默默相对，无语泪先流。

后来，在好心人的帮助下，他再次成家，把妻子孩子留在老家，一两年探亲一次。

1998 年提干前，张良善共往返阿里 280 多趟。

如今的张良善离开了青草萋萋、山明水净夜来霜的叶城，把自己完全变成了阿里人，在阿里军分区担任装备部部长，后被授予全国五一劳动奖章、全军优秀汽车驾驶员等荣誉称号，并受到国家领导人的接见。

昆仑是一把量人的尺子

昆仑是一把量人的尺子，昆仑是一道挡人的坎，没有那男人胆，你莫靠那山边边。昆仑是走不完的路，昆仑是翻不完的山，受不了饥和寒，你莫翻那山巅巅。

如今，昆仑之上，白云与蓝天之间的阿里高原，不单是男人的天下，也有女人的英姿。我在阿里见到的第一个军人，就是女人，她叫张毓育。

驻守阿里高原的部队有阿里军分区、西藏武警总队阿里地区支队、武警边防支队、武警消防支队、中国武警交通部队第八支队。

见到张毓育的时候，是 2009 年 7 月底的一个下午，在八支队靠南的一间办公室里，双层玻璃与窗外相隔，依然有些冷意。她穿着与男人一样的迷彩服，领口和袖口露出紫色的毛衣花边。我们戴着同样花色的银质耳扣。

话题自然从服饰说起。

她说自己有一柜子裙子，长裙短裙连衣裙，薄裙厚裙碎花裙，别的女孩有的，她都有，全在乌鲁木齐的家中。家里有丈夫和儿子，父母在生产建设兵团。一年探亲一次，有时候一年多才回一次家。回家的时候，大多是冬季。乌鲁木齐的冬天没有阿里寒冷，但也不能穿裙子。实在想穿了，对着镜子穿上，在镜子前走来走去，旋转几周，再脱下。反反复复，不厌其烦。她有一条紫色连衣裙，是到北京领奖的时候买的，丈夫领着儿子到地窝堡机场迎接她的时候，儿子第一次看见妈妈穿裙子，鸟儿一样飞向她的怀抱，说妈妈是世界上最漂亮的女人，长大以后要跟妈妈结婚。

张毓育说，阿里根本穿不了裙子，八月是阿里气温最高的月份，偶尔，还有雪花飞舞。太阳出来气温升高，太阳落山，气温骤降，太阳是阿里最大的热源。冬季用电紧张，没有暖气空调，只能烧焦炭，铁皮炉子烧得发红，墙角床头结着白霜。

小时候买不起裙子，现在有那么多裙子，却穿不了。在阿里工作八年，没有穿过一次裙子。

张毓育是交通部队在阿里高原连续工作八年以上的唯一女性，任八支队副政委兼政治处主任。2002 年 4 月，奉命从乌鲁木齐移防西藏阿里地区，担负新藏公路界山达坂至萨嘎县 1300 多公里的养护保通任务。战友黄帅就是在那次移防过程中牺牲的。

2003 年 7 月，张毓育在二大队调研中，发现该大队 231 名官兵中，有 7 名官兵不同程度患有心理疾病。不少基层干部缺乏心理学常识，把心理问题看成一般思想问题，不会做工作，导致一些官兵的心理疾病得不到及时疏导和治疗。她反复跑新华书店，让丈夫和同学从内地寄来资料，撰写了近三万字的心理工作辅导材料，下发基层。在她主编的《高原风采》内部刊物上，设立了《知心大姐》栏目，及时解答官兵的疑难问题。

2004年2月28日下午，张毓育在乌鲁木齐休假，让四岁的儿子在家里看电视，自己下楼办事。儿子以为她又要去阿里，趴在窗台上叫妈妈，她还没来得及答应，儿子就从五楼摔了下来，所幸摔在两尺多厚的雪堆上，只受了点皮外伤。

2004年9月，她在调研中发现，驻日土县的一大队部分官兵脱发严重。通过走访当地群众，分析原因，带着饮用水到拉萨找有关部门检测，原来是饮用水中硫、钾等四种微量元素超标导致。她立即购买净化水车，解决了210多名官兵的饮水问题。在她的建议下，支队先后投资280万元，为12个基层单位解决了吃水、看病、看电视难等问题。

2007年8月以来，张毓育经常感到下腹疼痛，多次想到乌鲁木齐检查治疗，但一直忙于工作。12月初，支队安排她回乌鲁木齐为三名随军干部家属联系工作。她想完成任务后再去医院检查。由于家属文化程度不高，没有专业特长，联系安排工作极为困难。她每天起早贪黑，跑了13个宾馆、酒店、公司和学校，都没有什么结果。连续劳累奔波，导致囊肿破裂，腹腔大出血。

2007年10月的一天，母亲打来电话，说七十多岁的父亲心脏病发作住进了医院，医院已经下了病危通知书，要求她赶回乌鲁木齐。当时正逢暴风雪，支队养护的公路沿线有120多台车辆、430多名过往行人被困，部队正进行紧急抢险抢通。张毓育负责调运抢险一线部队所需的给养物资，并负责与阿里地委、行署和驻军沟通协调。她打电话安慰和说服了母亲，寄了些钱回去，又投入到抢险抢通工作中。经过七天的连续工作，被困的行人和车辆脱险，父亲也脱离了危险期。

由于她工作出色，被评为中国武警十大忠诚卫士，有人称她为"阿里高原最美的雪莲花"。

2010年年底，我再次联系她的时候，张毓育已经调到北京的上级部门工作。

被称为"雪莲花"的还有一个人，这个人就是藏族女军医益西群宗。

益西群宗，是唯一跑遍阿里防区一线哨卡的女军医。她说，入伍十多年来，亲眼看见十多位战友因高原病魔，永远长眠在了阿里。每当看到白布单掩盖在他们身上，就有一种万箭穿心的刺痛、一种无计可施的耻辱。

阿里的男人不好找对象，阿里同样也有剩女，益西群宗就是其中一个。

益西群宗有一张坚毅而自信的脸庞，淳朴中洋溢着善良。因为平时工作时间长，休假时间短，个人婚事一拖再拖。和她见面的人，条件也都不差，几位藏族小伙子对她有好感，她嫌人家爱到水吧喝酒，到朗玛厅跳舞，还爱动粗。一位县级领导提出两地分居生活不便，让她转业，她不答应。有人介绍地区机关干部，她不愿意违反部队规定随便出去约会，也就不了了之。

阿里，是雪莲花的故乡，不但有雪莲般冰清玉洁的女人，还有雪莲般纯净的感情。

周毅，是一位年轻军官。

有一年夏天，他到内地出差，顺便回重庆老家一趟。家人为他接风洗尘，他紧挨着奶奶坐。奶奶老捏他腿，边捏边流泪。他莫名其妙，不知道发生了什么。待他看见大伙全穿着短袖汗衫，自己还穿着绒衣绒裤的时候，才明白奶奶为什么伤心。

周毅说，自己在新藏公路养护施工点当代理排长的时候，救助遇险者是家常便饭。

其实，因为阿里道路遥远且艰险，上百公里遇不到一辆车，会车时无论认识与否，都会鸣笛致意。遇到需要帮助的人和车辆，更是竭尽全力，热情周到。

有人给我讲过一个笑话，是关于西藏车牌号的。

拉萨由于是自治区的首府，车牌号自然是藏 A。

豪爽正直的昌都人总是见义勇为，热衷喝百威啤酒，车牌号为藏 B。

日喀则地区人口较多，符号类似满月欲产的孕妇形状，故为 D。

阿里地区路途遥远，不仅要带上备胎，还要带上修车工具，否则无人区的漫漫长路，会将车上的螺丝全部震落，因此选择了 F 这个像扳手的符号。

尽管是笑话，却不难看出编撰者还是了解阿里、知晓阿里路况的。只要是经常出行的阿里人，都会讲出一串救人与被救的故事。

2006 年 9 月，来自新疆的刘万毅与朋友自驾车辆，从叶城出发，沿新藏公路前往西藏旅游。当行至界山达坂时，刘万毅突然感到身体不适。缺乏高原旅游经验的他，经同伴提醒，才意识到是高原反应。同伴将他送到日土县人民医院，他陷入昏迷状态，意识模糊，生命面临严重威胁。后转至武警交通部队八支队卫生队，诊断结果是，患有重度肺水肿，并伴有轻微脑水肿。医生给他使用了高压氧舱、脱水等治疗手段，经过几个小时的紧张抢救，刘万毅脱离了生命危险。

2010 年中秋节刚过，云南省曲靖市的王良忠，自驾车沿新藏线摄影采风。他是第四次进藏，但到阿里还是第一次。

在狮泉河镇休整的时候，睡到半夜，他突然感到胸闷气短，喉咙里发出呼噜呼噜的声音，并咳嗽不止。他起床服药吸氧近一个小时，症状并未缓解，反而咳嗽加剧，口吐血色泡沫痰。他心想，会不会患上了肺水肿？

来阿里以前，他就听说过这种病非常可怕。如果得不到及时救治，第一天感冒，第二天肺水肿，第三天死人。

终于熬到天亮，影友护送他到阿里地区医院救治，病情不稳定。他想离开阿里，回内地治疗，要死也死在亲人身旁。医院派援藏医生罗蒙护送他到拉萨。

罗大夫不善言谈，但和蔼可亲，做事细心，很快就准备好了足够的袋装氧气、针水、药品等。奄奄一息的王良忠被转移到自驾车上，在车上不间断地吸氧输液，日夜兼程赶赴拉萨。由于路面颠簸，车厢摇晃厉害，输液瓶无处固定，只好用摄影三脚架，在后座与车顶间装了一根立杆，然后把吊瓶捆绑在立杆顶端。

路过萨嘎县时，雨雪交加，只能夜宿县城。患者病情再次加重，影友分头行动，在雪夜里张罗救护车，灌装氧气瓶，罗大夫一边为他按摩，一边做心理辅导。

三天三夜以后，终于抵达拉萨，再飞回昆明。在云南住了两个月医院，王良忠才日渐康复。

我的兄弟在边关

阿里高原有一头著名的牛，荣立过三等功，开创了"老黑牛精神"。

黑牛于1982年在波林边防连服役，因为连队吃水困难，每次全靠人背马驮，往返于连队和距连队600米远的泉眼，给连队的生活带来了巨大不便。为此，连队战士开始调教黑牛，黑牛很通人性，独立承担起为全连官兵运水的任务。战士装好水后，只要在牛背上轻轻一拍，黑牛就把水送到各个班排。战士不从它身上取下水，它就不走。黑牛每天驮水往返十多趟甚至二十趟，直到完成任务方才吃草休息。连队为了美化营区，在院子里种了草，黑牛也从不啃食毁坏。

铁打的营盘流水的兵，每年老兵复员之时，离队的战士总是依依不舍与黑牛合影留念。战士换了一茬又一茬，小黑牛变成了老黑牛，依然日出而作，日落而息，生命不息，驮水不止。战士们为黑牛请功，南疆军区于1986年11月授予老黑牛三等功一次。2002年元月，与官兵朝夕相处20多年的老黑牛，终因年老体衰去世。为了缅怀这位编外战士，连队为老黑牛举行了隆重的葬礼，修坟立碑，并开展向老黑牛学习的活动。

武警交通部队八支队的一名推土机手，连续数日与狼为伴。狼在荒原上闲逛，他在驾驶室开车推土，用喷灯煮方便面的时候，狼会慢慢走近。扔给狼一截火腿肠，狼不吃，卧在地上看他。时间一久，他发现狼能分辨男女，只攻击女人，不攻击男人。旷野中的狼，看似无精打采，眼睛却很亮，不管从哪个方向，眼睛一直盯着猎物看。狼奔跑起来，尾巴翘起，不跑的时候，夹着尾巴。施工地点转移以后，没有狼陪伴，他还时常想起那匹狼。

一位藏族司机告诉我，阿里不但有珍贵的金丝野牦牛，还有红狼。车出行的时候，狼在左边，就吉利，欢欢喜喜出发。如果狼在车的右侧，觉得晦气，干脆打道回府，次日再出行。有的停下车，念一会儿经，再走。

阿里军分区装备部的鲁忠辉，在阿里当兵20多年，眼睛像患了红眼病，每时每刻红灯笼一般。而他到内地出差或回兰州探亲时，眼睛不治而愈。医生说，这是高原病的一种，并不影响视力。

武装部一位干部，每次进出阿里，每一趟巡逻出征，都先写上一张字条装进口袋，把要办的事、要交代的话全写在上面。安全归来后，再把字条烧掉。

一位曾经的汽车兵对我讲过这样一个故事，他认识的一个老兵，到很远的地方运送物资，大雪封山，阻隔了老兵的归程。妻子领着三岁的女儿来高原探亲，在路上颠簸的半个月里，无法与丈夫取得联系，赶到丈夫连队的时候，女儿因为患高原病，已经咽气。

妻子把女儿放在丈夫的床上，把从老家带来的旱烟叶子放在女儿旁边，对着女儿的尸体，语无伦次：孩子，自从你出生以后，爸爸一直想见你，都没有见到，这一次，就让爸爸好好看看你吧……

战士们齐刷刷地跪在军嫂面前，对她说：嫂子，我们没有什么报答你，请接受我们一跪。

老兵回到连队后，妻子已经远去，他把女儿葬在雪莲花盛开的地方，头朝妻子离去的方向。

从此以后，老兵每年照样收到寄自家乡的烟叶，却不再回到家乡。他常去的地方，自然是连队旁边的高地。高地上没有绿树，没有青草，只有新净的积雪和鹅绿色的雪莲花。

小高，是陕西省延安市人。1991年6月出生，2010年11月入伍。当时有三个地方可以选择，阿里、福州、牡丹江。在网上搜了一遍，发现阿里很高很远，觉得当兵就应该到这种地方，便选择了阿里。新兵先在叶城集训，2011年4月底，来到阿里一个边防连，连队前面有一个湖泊，非常漂亮。湖边有草，但没有树，他一下子就喜欢上了这里。

到连队没多久，他大腿内侧疼痛，被战友送来检查，医生说患的是精索静脉曲张。每周给父母打两次电话，报个平安。但不告诉父母自己生病的事。

小高说，当兵几个月最高兴的事，是参加与印度军人的会晤。第一次看见印度人，很新奇。会晤时，会互送礼物，咱们送给对方的有白酒和圣湖矿泉水。会晤结束，双方军人一起会餐，气氛融洽。最难受的是，部队不让用手机，只能用固定电话，只能上军网，不能上互联网。邮件和报纸半个月送一次，不方便与同学朋友联系。

复员以后，希望当一名警察，这是他七八岁时就有的梦想。

小杨，青海省平安县人。1991 年出生，2009 年来阿里当兵。从阿里军分区步兵营借调到扎西岗边防连，2011 年 5 月的一天，在一个边防哨所食堂滑倒，左侧脸划破。女护士说，里外缝了三层，共 100 多针，一块肉掉落。

小杨躺在靠门位置的床上，脸部、头部被白色的纱布包裹，只露出一双大大的眼睛。我不敢与他对视，怕他看出我的慌张和忧伤。

才旦，阿里地区革吉县人。1991 年 8 月出生，兄弟姐妹五个，按照他的说法，自己是老大，最小的弟弟两岁。家里有 125 只羊、22 头牦牛，在牧区算不上富裕，也不算最穷。他很羡慕有 700 只羊、60 多头牦牛的一个同学家。

初中毕业后他就来当兵。他最大的理想是上军校，但不想上内地军校，怕汉语说不好，被人笑话，只想上西藏的军校。如果考不上军校，他就复员回家放牧。

当兵以前，才旦不小心把一枚自行车气门芯吸进肚子，到了连队，咳嗽不止，才来这里住院。

日土县民兵训练基地，是河北省援助的项目，几年来，为日土培训了许多民兵。

在这里，我见证了一句话，培养一个会说汉话的人，跟上大学一样困难。

五月的日土，寒风刺骨，二十多位身穿迷彩服的民兵正在院子里训练，正步走、跑步、格斗、单双杠等。训练十五分钟，休息十分钟，再训练。一位年龄偏大的民兵总是转错方向，分不清左右。稍不注意，就跟前后人脸对脸，鼻子碰鼻子，引起一阵哄笑。

我问他们训练多长时间了，被告知二十多天，马上就结束了。

一位穿着绿色藏袍、裹着红色头巾、围着红绿相间邦典的女子，背上背着一个孩子，手里牵着大一点的孩子，走近操场。一位民兵迎过去，把地上的孩子背起来。向教官请了假，到县城给生病的孩子看病。

望着一家四口渐行渐远的背影，我能感受到那种甜蜜。

有一位汉子，是土生土长的阿里人，当兵后曾到新疆上过军校。他对自己的职业非常满意，充满自豪，希望当一辈子军人。他说，自己熟悉阿里的地形地貌，懂汉语，会藏语，本身又是一位藏族人。特殊时期，穿一身藏袍，赶一群羊，充当商人，获取重要信息，也不会被人发现。

我问他，边境上，是不是有很多有钱人？他说咱们的边贸商人都很富裕，看不上他们的一点小钱。然后哈哈大笑，没有下文。

杜文凯，我亲爱的兄弟，也是一名边防军人，他没有在青藏高原，而是在云南边防线上。

1998年清明节的前一天，父亲杜均安走完了六十八岁的生命历程。整理遗物的时候，发现枕头下面有一封慰问信。在他病重的两个多月时间里，不让我们告诉远在云南某边防连执行扫雷任务的文凯，怕干扰了儿子的特殊工作。慰问信是边防部队春节期间寄给军属的彩色扫雷图片和文字。

入殓父亲的时候，我们把文凯探亲时送给父亲的手杖放进棺材。手杖闪着金色的光芒，是文凯在部队用子弹壳亲手焊接的。

父亲去世前后很长一段时间，文凯感到心慌不安。电话追问回来，我们都遮遮掩掩，没有告诉他父亲离世的消息。直到夏日的一天，扫雷工作基本结束，才不得已告诉了他实情。他在南国的山头一直坐着，坐了很久很久，仿佛时间静止一般。

妈，我不想去阿里

　　侯超，是阿里武警边防支队的一名战士。

　　武警边防支队担负着边防维护稳定、边防出入境检查、边境群众户籍管理、边防派出所日常工作。我是在办理阿里到拉萨的边防通行证时认识他的。

　　在办证大厅办完手续后，我来到后面的办公楼，整栋楼鸦雀无声，我径直朝楼道尽头一扇开着的门走去。还没走到门跟前，一支黑洞洞的枪口对着我，吓得我差点一个趔趄倒下。待看清持枪者身着迷彩服时，才恢复正常。

　　持枪者和我一样诧异和错愕。似乎在考问自己的眼睛，午休时间，哪里来的人，怎么还是个女人？

　　持枪者还在疑惑中，一位军人已经挡住了我的视线。义正词严地对我说，干吗的？不能进入。

　　我转身离开的时候，还是看见了许多武器。

　　当我走进一间办公室，在众多的战士中，一眼就看出了他的与众不同。这个人，就是侯超。

我们交流得很愉快，他说话的声音温和雅致，表情丰富。还喜欢跷着兰花指，时不时十个手指紧扣一起，掌心向上举过头顶。

我问他是不是喜欢跳舞。他说从小学到中专就喜欢跳舞，大学在成都上，专业就是舞蹈。大学毕业以后，报考一个艺术团，没有录取。在网上看到西藏边防招收文艺兵，征求父亲意见，父亲让他自己拿主意。

从成都到拉萨，乘的是飞机，从贡嘎机场到拉萨市区的路上，车上静得有些尴尬。忽然手机铃声响起，一位体院毕业生接到母亲电话。

他说，妈，我不想去阿里。

然后就大哭起来。除过风声，只有他一个人的哭声。没有人劝慰，没有人发出一丝一毫的声音。侯超感觉得到，前后左右的战友和他一样，都在哭泣，只是默默流泪而已。

在拉萨休整期间，两个人住一个房间，同屋人在卫生间跟家人打电话。

他在房间里给父亲打电话，他说，爸，我分到了阿里。

父亲说，好啊。

他又说，要坐两天两夜汽车才能到。

父亲在电话那头，停了足有一分钟时间。

然后说，侯超，没事，到哪里工作都是在中国嘛。

关掉手机的时候，侯超分明听到了父亲的哽咽声。

车到日喀则的时候，感觉像到了外国——房屋建筑、饮食习惯、店铺招牌，和内地完全不同，招牌上的藏文，一个都不认识。一直向西，越走越远，越走越荒凉。

来到阿里，侯超被分配到札达县所在地的边防派出所，检查出入境人员手续，管理边民户籍。门前流淌着清澈的象泉河，窗后是连绵起伏、一望无际的土林。虽然有河水滋养，但河谷地带也难见到大片树木和草甸。春暖花不开，水秀山不清，鸟语花不香。最多的鸟是乌鸦，最多的花是红柳花。乌鸦声音高亢尖利，红柳花硕大则不香。

侯超最盼望的是过年，因为过年可以吃上火锅，但最难过的也是过年。

武警边防派出所，比解放军边防连队条件稍微好一些，每个月送一次蔬菜，因为损坏腐烂的多，每样菜会多采购30%。大年三十早上，买了活牛，不敢杀，找当地屠夫杀了，老兵调火锅底料，新兵理发洗头、值班。

侯超提着牛肠子到河边翻洗，河面结着冰，他用石头砸开冰窟窿，还没有开始洗，乌鸦就像聚餐一样，由远及近，倏忽间，落到牛肠子上。

他伸开双臂，上下起伏，舞蹈一般，边跑边撵。刚撵走几只，才把手伸进冰水里，翻洗一阵，更多的乌鸦又呼啸而来。实在没法洗了，他就坐在河岸观看，黑压压的乌鸦，翻飞起舞，自由自在。这些画面似曾相识，似乎是久远的梦景，又似昨日的舞台。

牧民来河边背水驮冰，见他沮丧的样子，嘻嘻哈哈笑他，并用不太流利的汉语告诉他，乌鸦是神鸟，不能伤害。

晚上，政委一个人值班，大伙儿围着焦炭炉子吃火锅，看中央电视台春节晚会。

父亲打来电话，问他跟谁一起吃饭，不能生病噢。

奶奶说，乖乖的，再坚持一年，明年过年就可以回家吃团圆饭了。

妈妈说，小猪猪，要吃得壮壮的。

侯超终于有回趟成都的机会，早上睡到自然醒，吃饭不喊口号，穿着便衣，宽窄巷子转悠。晚上到夜市摊上吃烤肉，旁边坐着几个新兵，也在喝啤酒。他看着快乐悠闲的新兵，想起远在札达的战友，给战友打电话，战友说正闷得没人说话哩。

回到阿里，侯超给这位战友送去一盆青草，这是阿里人最珍贵的礼物。

从边防派出所调到地区支队，战友更多了，送出的青草也更多。

虽然身在阿里，但侯超的理想依然没变，想当一名舞蹈演员，生活在舞台上，还希望在海南三亚有一套房子，以后生活在成都。

边境

2010 年 8 月，我随南疆军区慰问团，前往扎西岗边防连慰问演出，战士们在营房门前敲锣打鼓，列队欢迎，给每位客人献上哈达。

慰问团领导给战士们送来许多书籍，其中《男性心理健康书》格外引起我的注意。随队医生为战士义诊，大部分演员在连队化妆背台词，调试音箱，准备道具，与战士交流。

我随一支演出小分队向喜马拉雅山脉更深的地方进发。

一辆绿色越野车载着我们五六个人，在寸草不生的山间穿行。光秃秃的山峦连绵起伏，除去黄褐色，还是黄褐色，恰似一幅古旧沧桑的油画。雄浑磅礴，气度非凡。远一些的山头，积雪点点。河水清澈亮丽，流淌在白色的鹅卵石上。蓝蓝的天上，白云朵朵，线条自然，百媚千娇。

河谷的鹅卵石越来越大，汽车颠簸得愈加厉害，与其说在路上行驶，不如说在石头上狂舞。女演员的尖叫一声比一声响亮，我抓住车窗的双手震得生疼。

年轻的演员虽然个个是军人，但第一次到阿里，第一次零距离接触喜马拉雅山，从花红果香、物产丰富的南疆绿洲，来到缺氧少绿的阿里高原，本来就新奇而疲惫，剧烈的晃动，加重了高原反应。有人强打精神，面如土色。有人吸着氧气，呕吐不止。

司机是边防连的驾驶员，愧疚地对东倒西歪的我们说，从连队到边防哨所，路况都不好，如果是冬季，河水结冰，在冰面上开车，会平稳一些。

一位女兵问他，为什么不修整一下路面，许多通往边防哨所的路都很宽阔，有的哨所还开着车巡逻，徒步巡逻、骑马巡逻早淘汰了。

司机说，咱们这离边境太近，两国实际控制线山谷曲折，犬牙交错，稍微有动静，就会引起对方注意，这里主要还是徒步巡逻。徒步巡逻走的路不远，骑马和开车巡逻，路途远，时间长。巡逻的时候，帐篷常常被风刮跑，战士们冻得无法入睡。因为缺氧，焦炭烧不旺，捡拾牛粪当燃料。没有牛粪，只能坐等天明。滑进冰河、冻伤皮肤、忍饥挨饿、缺氧流鼻血，是常见的事。

巡逻路上，双方军人狭路相逢，有时候相视一笑，各自走开。有时候会用英语或藏语喊话对峙，呵斥对方后退。有时候会打出英语、汉语、藏语三种文字的标语，警告对方，这是本国领土，不能踏入一步。有时候双方军人一字排开，肩并肩，手挽手，剑拔弩张，唇枪舌剑，却不敢开枪。双方对峙一个上午，口干舌燥，筋疲力尽，没有退让的迹象。忽然间，风平浪静，各自离去，就像什么事都没有发生一样。下次相遇，有可能视而不见，形同陌路，有可能重复上次的对峙。和平时期的边防战士虽然没有打仗，却经常打着没有硝烟的战争。

边境线上无小事，双方军人都懂得这个道理，一般不会发生肢体冲突，更不会发生流血事件。一般事件，通过会晤，可以解决问题，达成共识。一旦发生重大事件，就会牵动两国最高权力机关，外交部直接出面磋商。

司机轻声细语地说，你们向左边的山头看，白色的小房子就是印度军队的哨所。咱们此时的一举一动，他们都能看见。

呕吐的演员不再呕吐，吸氧的演员，拔掉氧气管。我也把头伸出车窗，不需要仰起脖子，一眼就看见了左侧山顶的白色哨所。

我反复地重复一句话：这么近，这么近，怎么就在咱们头顶上？真的能看见我们哦。

身旁的女兵和我发出了同样的惊叹。

河道依然不平，汽车依旧颠簸，我一直盯着山顶的哨所，目光久久不愿离开。

到了目的地，哨所战士列队欢迎，一条黄色警犬，人模人样地蹲在队列之尾，乖顺的样子，令人喜欢。可爱的警犬没有太久吸引我的目光，我依然仰起脖子，偏着头看那白色的哨所。

边防哨所的战士和演员们都在忙碌，一个战士局外人一般，站在过道正中发呆。人们从他左右穿梭来往，他却没有避让的意思。我径直走到他跟前，发现他的眼神有点飘，似乎在看我，又似乎什么也没看。

我把他请到旁边，跟他聊了起来。

十六岁的他当兵快一年了，自从来到边防连，站岗、巡逻、出操、学习、睡觉、上军网，一个月跟家人通一次电话，闲时喜欢对着光秃秃的山头发呆。二十分钟以前，他从哨所的高倍望远镜里看见有车来，一溜烟从山顶的哨所跑下来，看见几个英姿飒爽的女兵和我，一时反应不过来。

我不由自主地望了一眼邻国的白色哨所，又望了一眼我们的哨所。对他说，他们是职业军人，年龄比你大得多，害怕他们吗？

他笑了起来，露出两排白净的牙齿，一字一句地告诉我，有什么怕的，面对面喊话都不怕。

你也喊话？

一般都是藏语翻译喊，那边的边民和军人有的也说藏语。

演出很快开始，警犬安静地卧在我身边，专注地看着节目。我则目不转睛地望那哨所，两个哨所并不遥远，却是两个国家的军人驻守，邻国的军人是否通过高倍望远镜也在欣赏我们的歌舞？

这个时候，我看见一个哨兵顺着山道跑了下来，速度之快，恰似一只滑翔的雄鹰，一直滑到演出现场。我跟他握手，让他坐在我身边。一首独唱还没有结束，哨兵却不见了。

一团乌云飘了过来，豆大的雨滴落下来，转瞬变成了冰粒，打得头顶脆响。战士们拿来棉大衣，披在演员身上，哨兵也为我披上了一件迷彩军大衣。

一位美丽的维吾尔族女兵甩起长长的辫子，扭动脖子，跳起了新疆舞。战士纷纷跑向女兵，手拉手，跳起了圈舞，我也情不自禁加入舞蹈行列。歌舞声很快掩盖了冰粒声，身体不再冻得发抖。回到座位上，又不见了哨兵。回头张望，惊得我差点喊叫起来。

身后不远的地方，一位身穿迷彩军大衣的战士，手持望远镜，坐在一张桌子前，背对着演出现场，雕塑一般，一动不动。右前方是褐色的山峦，左前方有一大片空旷的平地。

静静地，肃穆地，我走到他跟前，才发现是刚从山头哨所跑下来的哨兵，他为我披了大衣以后，就在这里值班了。

见我走近，他把望远镜递给我。并向我介绍，左前方的白房子有印度人居住，那个走路的男人就是印度人。从望远镜里，我看见一个男人的腿比我两个腰还粗，胡子粗糙而浓密。

哨兵对我说，阿姨，非常感谢你。

我吃了一惊，睁大眼睛望着他。

他笑着说，快十九岁了，来这里当兵两年，没有见过城镇，没有逛过商店，没有见过红柳以外的树。寂寞心烦的时候，就会跑到蔬菜温棚里，看看绿色的黄瓜叶子和红色的西红柿，再大哭一场，就什么烦恼都没有了，下次难受的时候，再去温棚。阿姨，你是我半年来见到的第二个陌生人，也是我两年来见到的第一个女人。半年前一位首长来这里视察工作，跟我说过一句话，你跟我说了这么多话，所以，我要感谢你。

我的心被什么东西揪了一下，疼痛难忍，无法继续对话。

从边防哨所返回边防连队的路上，我默默无语，独自流泪。多话的女兵，一再追问我为什么哭泣，为什么伤心。

是啊，谁能告诉我，我为谁流泪，我为谁悲伤。

一位军官对我说，阿里官兵头顶上有六把钢刀，暴风雨、泥石流、雪崩、滑坡、洪水、缺氧。其实，他只说对了一半，远离亲人、远离异性、远离繁华，内心的寂寞、身体的孤独，是边防军人的隐形杀手。前者是利刀子杀人，后者是钝刀子割肉。前者杀的是肉体，后者杀的是灵魂。灵魂的创伤比肉体的创伤更难发现，更难愈合。

你为什么死得那么早，为什么不带走我

请你在高原为我采一朵雪莲
让我吻一吻那圣洁的花瓣
请你在高原为我许下一个心愿
让我能够望见那梦中的雪山

保玉琼炖好排骨汤，走出房间，为院子里的辣椒浇水，然后走到一株石榴树旁，仰望昆仑，轻轻吟唱。这首网络歌曲在叶城十分流行，几乎每位军嫂都耳熟能详。

昆仑就在不远的地方，昆仑就在云端之上，那里的积雪，天天沐浴着炽热的阳光，她深爱的男人，正驰骋在弯弯曲曲的昆仑山上。

晚风轻轻吹拂，石榴飘溢着清香，彩霞在天边无限美好。保玉琼走进厨房，闻到了排骨汤变凉的气息。摸出两对碗碟，不知道应该放在什么地方。她心不在焉地擦拭一下灶台，用的却是洗碗布。她在原地转了两圈，终于想起来要干什么。

举起锅铲，敲击暖气管，隔壁的军嫂发出了同样的敲击声，说明邻居的汽车兵丈夫也没有回来。她再一次走到石榴树旁，昆仑山此时已经模糊，呈现出黛色的模样。借着月光，走到新藏公路零公里处，徘徊良久，依然不见丈夫的影子。

按照惯例，车队最迟下午四点前就能返回营区。可是，太阳落山了，晚霞褪尽了，月亮升起来了，还是不见车队的影子。军嫂们纷纷走出家门，集聚在一起，急切地打听车队的消息。新藏公路上没有手机信号，根本无法知道车队的情况。

女人们遥望昆仑山的方向，默默祈祷丈夫平安归来。月亮游弋到另一个方向，星星不再明亮，晚风有了劲道，保玉琼还站在石榴树旁，眼眸里闪着星光。

第二天，没有车队的消息。

第三天，没有车队的消息。

第四天，军嫂们表情严肃，交头接耳。

有人说可能遇到泥石流，车队无法前行。有人说可能遇上暴风雪，车队受阻。有人说，可能到更远的边防哨所送物资去了。

保玉琼自言自语，老公，你到底在哪里？希望你平安归来。

第五天中午，终于传来了消息，人车安全，男人们正在库地沟修路。

听到这个消息的时候，保玉琼一把抱住石榴树，一只红艳艳的石榴落在胸脯上，她却毫无察觉，不管不顾地失声痛哭，鸟儿惊慌而逃，发出迷茫的叫声。

丈夫回来以后，轻描淡写地告诉她，车队走到库地沟时，突然遇到洪水，公路被冲毁，只能等洪水退去，修整路面，连续几天都住在四星级的东风宾馆里。

后来，保玉琼才知道，所谓四星级东风宾馆，就是四个轮子的东风汽车车厢。

随着时间的推移，保玉琼逐渐意识到，给高原汽车兵当老婆，就像走钢丝，天天都提心吊胆。越来越怕听到汽车的马达声，马达一响，就心慌气短。车队一出发，追着车队跑。掰着指头数日子，翻着台历作标记，天天查看地图，天天都在打听新藏线上的故事。哪里是达坂，哪里是峡谷，哪里有河流，哪里有冰川，甚至比自己的汽车兵丈夫都清楚。

焦虑不安的心，绕在丈夫的车轮上，辗过雪山戈壁，走过冰峰哨卡，一遍又一遍地丈量着千里边防线。

同保玉琼一样，邻居们全是军嫂。这里是阿里军分区在新疆叶城的留守处，因为集中居住着阿里驻军家属，便有了女人村的称谓。

自从李狄三带领的进藏先遣连从新疆南部挺进藏北阿里，并最终解放了阿里，阿里军队就隶属南疆军区、新疆军区、兰州军区管理，直到现在，依然没有改变。西藏和平解放 60 年来，阿里地区无论在物资供应上，还是在医疗卫生方面，对南疆的依附性都非常巨大。

由于阿里地区高寒缺氧，不适宜人居，阿里驻军家属，从全国各地来到南疆，随军不随队，居住在千里之外的叶城。

女人村里的军嫂们，大部分没有走过新藏线，没有到过藏北高原的边防哨所，但她们总是有意无意地仰望昆仑山，想象昆仑山那边的阿里，思念阿里高原上的丈夫。

景慧慧是一个特例，是一位走过新藏线的女人。

她的爱情故事，就是从新藏线上发生的。

那个时候，景慧慧还是一位纯情少女。一个偶然的机会，在电视上看到了阿里守防军人的报道，高原军人纯粹的境界打动了她。大学毕业那一年，她决定到高原寻找自己的人生信仰。路过塔里木盆地，大漠戈壁，满目荒凉，她迟疑了。但对高原的好奇驱使她来到叶城，没有找到前往阿里的长途汽车，便搭上了开往阿里的军车。

在得知开车的汽车兵和自己是同龄人时，清秀的景慧慧简直不敢相信自己的眼睛。汽车兵皲裂的皮肤、沧桑的面容，使她一度怀疑这位老兵早过了而立之年。翻越界山达坂时，头疼脑涨，恶心呕吐，繁密肥硕的雪花重重地落下来，加剧了她的高原反应。她愈加慌乱，心神不定，昏昏欲睡。

汽车兵递给她一片红景天，用温柔的声音与她交谈，防止她一睡不起。好听的男中音，仿佛从遥远的家乡传来，又仿佛从苍天翩然而至。美丽的少女感到了清凉，感到了奇妙，说不清道不明的美好。

当她醒来的时候，漫天飞雪依然，却有丝丝缕缕的温暖。一件破旧的军大衣不知什么时候披在她身上，老兵手握方向盘，专注驾驶，却在瑟瑟发抖。大雪阻断了道路，车队在界山达坂被困三天，景慧慧患上了肺水肿，到达狮泉河镇后，汽车兵把她送进了部队医疗站。三天以后，病情基本稳定。她找来针线，缝补好大衣腋下、袖口的破洞，抱着油腻腻的军大衣，寻找它的主人，却被告知车队已经出发，给一个遥远的边防连队补给物资去了。

两年以后，景慧慧辞掉了家乡待遇优厚的工作，来到叶城，成为一名新娘，亲爱的夫君，正是军大衣的主人。

如今，青春靓丽的景慧慧已经为人母，成为一名普通的军嫂。每当汽车兵丈夫要上山，她总是早早起床，把自己和孩子打扮一番，面带笑容送走丈夫。当孩子嚷着要爸爸的时候，她就抚摸那件更加破旧的军大衣，爱恋和牵挂洋溢在脸上。

15年，也许并不长。但对叶城县四中老师李伟英而言，这15年却刻骨铭心。

嫁给高原汽车兵以后，她就一直留在叶城。15年过去了，她还是没能适应叶城干燥的气候。每当春秋起风的日子，她总是把自己包裹得严严实实，即使这样，她的脸还是会褪一层皮。她不愿意照镜子，不愿意接受日渐变老的事实。

本来，有几次离开边疆的机会。2004年8月，一位同学创办了一所私立学校，盛情邀请她回内地任教，并以高薪许诺。为了改变生活环境，为了给儿子创造更好的学习生活条件，她有些心动，甚至都下定了决心。但是，她看到丈夫黑瘦的脸庞、逐渐佝偻的腰身，不忍心让他一个人在高原苦熬，无法埋怨他把自己带到了这个几乎与世隔绝的地方。

15年来，最不愿意干的事，是放假带孩子回老家，每次孩子回内地，都不想再回叶城。

姚化莉，是一位心直口快的军嫂，说起自己的丈夫，总是乐乐呵呵的。

我老公非常乐观，他经常给我讲，汽车行驶在蓝天白云间，看野生动物自由奔跑，呼吸着世界上最纯净的空气，听着藏族同胞原生态的牧歌，那是何等潇洒。行走高原是一种享受，特别是翻越达坂时，一天可以经历几个季节，山下风和日丽、阳光明媚，山顶狂风大作、雪花飞舞，真是人间仙境。在他眼里，行车途中永远没有困难，只有快乐。其实，不管他把运输线描绘得多么美好，都抹不去我的担忧。我知道新藏线上充满艰险，每年都有车毁人亡和因高原病死亡的人，我的心天天都悬在冰峰雪岭上。

陈翠琼，是一位资深军嫂，目前已经回到内地。

她和丈夫都是广东人，结婚时广东的改革开放已经如火如荼。许多人劝她，不要嫁给一个边防军人。1987年女儿出生时，坐月子的陈翠琼托人发电报给远在阿里当兵的丈夫。三个月以后，接到丈夫的电报，问孩子出生没有。她非常伤心，跑到邮局去查问，原来发电报的人发报时只写了阿里，没有写西藏，邮局把电报发到台湾去了。

她就琢磨，这个阿里到底有多远，决定去阿里探个究竟。从广州出发，经过半个多月的颠簸，总算来到叶城留守处，心想这下可以见着丈夫了。可这里连他的影子也看不到，一打听，距离丈夫守卫的哨卡还有1600公里的路程。既然来了，总不能不见面就回去。她搭上一辆为阿里部队送菜的军车，行驶五天，赶到狮泉河时，感觉自己像死了好几回。在狮泉河，依旧没有见到丈夫，原来他驻守的什布奇边防连，在遥远而艰险的边境上，又等了将近一个月，两人才见上面。

来到阿里才真正了解阿里、理解丈夫的工作，她发誓再也不离开他，便辞去在广东的工作，来到叶城女人村，一年可以见到丈夫一面。

与保玉琼、景慧慧、李伟英、姚化莉、陈翠琼这些军嫂相比，张良善的妻子何桂丽就没有那么幸运了。1992年9月，何桂丽产后大出血，母子双双去世。她的躯体连同她的爱情一同埋葬在叶城的大地上。如今，张良善在高高的阿里高原服役，每次下山路过叶城，都要到妻子坟前，跟她说说自己的工作、两家的亲人、现在的家庭。部队记者拍过一张他祭奠妻子的照片，冠名为"英雄探妻"，获得过新闻照片金奖。

在叶城，有一位花甲老人，几乎是女人村里最年长的军嫂。哪家的孩子要上学了，她帮助联系学校；哪家的孩子闹肚子，她帮着看管孩子；军嫂之间闹别扭了，她帮助调解。久而久之，成为军嫂的知心大姐、好阿姨。入住女人村的军嫂越多，老人越欢喜。铁打的营盘流水的兵，军人来了一茬又一茬，军嫂换了一波又一波。

当军嫂离开时，热情的老人总是相送，每送走一位军嫂，就到叶城烈士陵园，坐在丈夫的墓前大哭一场，边哭边絮叨：你为什么死得那么早，为什么不带走我，快30年了，那么多女人都走了，都被自己的男人带走了，唯独没有人带走我。我想家，想回内地老家，又不能丢下你不管。

老人从烈士陵园回到女人村，继续忙前忙后，笑容满面地关照军嫂们的生活，继续送走一位又一位军嫂。

现在，她把一个儿子也送到了阿里高原，子承父业，守卫边防。

第三辑

转山，只为途中与你相见

人人都说王惠生

一、一生漂泊

与王惠生联系，完全是因为孤独。

2010 年 11 月，按照阴历计算，是我生日所在的月份。生日这天，恰好在中国与朝鲜交界处的丹东市。金色的银杏摇曳生辉，随风飘扬，一直飘到鸭绿江上。我跟随树叶拂去的方向来到江边。鸭绿江宽敞清明，水天一色，奔腾到远方。

夜色渐渐暗了下来，丹东方向灯火璀璨，朝鲜方向星星点点。浪花拍打到岸上，发出鲜亮的声响。我在岸边彳亍，月明星稀，月亮是满月，鼓胀得有点喷薄欲出。

此时的我，落寞得内心很疼痛。在浩浩荡荡的鸭绿江畔，心身是那样酸楚，每一个眼神都散发着忧伤。我想跨过去，像当年那首歌中唱到的一样。"雄赳赳，气昂昂，跨过鸭绿江，保和平为祖国，就是保家乡。"

可是，我过不去，尽管江上有两座桥，一座是断桥，那是战争留下的伤痕。另一座是公路铁路两用桥，我却上不去，去不到那一边。

突兀地，我想起了狮泉河。

狮泉河没有鸭绿江浩荡，也没有鸭绿江宽阔，但我在狮泉河两岸随意走动，自由自在。一天可以在桥上走几十个来回。在狮泉河畔，也常常一个人，但内心是踏实的、充沛的、饱满的。所接触的狮泉河人都是质朴的、无遮无掩的。他们不会曲里拐弯、言不由衷。长时间以来，我是他们的倾听者，他们把自己的苦闷和忧愁告诉给我，知道我无能为力，但依然说与我。这样他们就轻松了、愉快了。我愿意充当这样的角色。

现在的他们还好吗？有谁能知道万里之外的我，在想念狮泉河、想念阿里。阿里，我的阿里。只有阿里，能够排遣我的忧郁，我无法言说的惆怅。

王惠生，是的，王惠生或许能拉近我与狮泉河的距离，能使我回到阿里状态。

王惠生似乎一直存在我的记忆里。

2010年8月，我住在阿里地委招待所，也叫迎宾馆的102房间。右手100米开外是阿里军分区，大门口随时有武警站岗，出入需要证件，每次进出，都有被透视的感觉。所以，没事我是不进军分区的。迎宾馆左侧50米的地方，就是阿里地委，我在地委食堂就餐。

在那里就餐，也是想起来吃一顿，想不起来就不去。从地委大门口到餐厅，中间要经过两排红色小楼，楼为两层。有人告诉我，前排靠左边那套房子，就是孔繁森曾经住过的地方。我走到房门跟前，发现门上挂着一把铁锁。隔不了几天，又走到房门跟前，门还锁着。后来，每当我去吃饭，或吃完饭返回住处的时候，都有意无意地望向那房门。房门始终锁着。有好几次，我都幻想着从门里忽然走出孔繁森，如果孔繁森真的从门里出来，我该怎么办呢？

就餐的人没有我想象得多，十来个人的样子，中年、青年都有，男士居多，女士少些。一个藏族人引起了我的注意，他高大、挺拔、短发，敏捷、利落，且总是坐在固定的位置，与同桌人说说笑笑。有点想跟他们交流，但又不知说些什么，他们也没有与我主动搭讪的意思。我便独来独往。一次饭后，到旁边桌上拿了两张餐巾纸，一张我用，一张放在同桌人面前。他是一位男士，三十岁左右的样子，穿一件棕色西服，一看就知道是汉族人。

他说了声谢谢。然后问我，是不是刚分到档案局的。

我问他，为什么认为我是档案局的人呢？

他说，这里地方小，哪个单位来了新人，不出三天，整个狮泉河镇都知道。

我伸长脖子，低声问他，那个藏族人是男人还是女人。

他很配合地低声说，女人啊。

再回头看那人时，的确像女人，便推翻了前几天的猜测。

我对他说，想了解阿里的一些突出个人和突出事件。

他张口就说，王惠生啊。孔繁森牺牲之前，阿里就想把王惠生树立成典型，孔书记牺牲后，就把孔书记树为典型了。其实，王惠生在阿里的名声并不比孔书记差，阿里人，几乎没有不知道王惠生的，被人称为活着的孔繁森。

第二次听人说起王惠生，是在地委党校郭运良那里。对郭运良感兴趣，是因为他放弃了河北省张家口市委党校的优厚待遇，到阿里连续支援了两届，如今干脆把工作调到阿里地委党校，把自己彻底变成了阿里人。他在阿里工作已经七年了。聊起阿里，郭运良就说到了王惠生。他说王惠生曾经在党校当过校长，后来到地区政协当了副主席，还主持过阿里地方志的撰写工作。喜欢帮贫济困，下乡很受老百姓欢迎，说一口流利的藏语。

我问他王惠生在哪里。

好像回北京了，具体情况不了解。

后来，又在不同的地方听到了王惠生的名字。

直到生日这天，伤感达到了极致。想起狮泉河，就想起了王惠生。

我是一个漂泊者，王惠生也是一个漂泊者。我漂泊了不长时日，王惠生几乎漂泊了一生。他为什么远离家乡，到一般人需要仰望的阿里高原，度过一生中最美好的青春和年华呢？

二、梦回阿里

我想找到王惠生，从丹东回到北京，把短信群发给阿里的熟

149

人。有人说，他儿子还在阿里，等找到他儿子就立即把联系方式告诉我。有人说，自从他回到北京就失去了联系。孔繁森原来的秘书、时任阿里地委常务副秘书长的李玉键发来了一个号码，打过去，不对。又发来一个，才是王惠生的手机号。

我把电话打了过去，称呼他为王主席，并说自己在鲁迅文学院学习，在阿里待过，希望在他方便的时候拜访他。

他只问了我的地址，多余话一句都没有。从简短的通话中，一点也没有听出诧异，没有怀疑，更没有客套，似乎这就是家人之间一个可有可无的通话。没有约定，没有承诺。通话时间是下午三四点钟的样子。

北京的冬天黑夜降临得比较早，五点多钟，窗外的柳树和银杏就影影绰绰了。手机铃声响起来，是我特意设置的《青藏高原》，女高音，我喜欢的那种。

电话是王惠生打来的，他说已经到我学校门口了。

我跑下楼去，从灯光的辉映中，看见一个头戴窄檐帽子的男人。不用问，这就是王惠生了。只有西藏男人，特别是阿里男人和那曲男人才随时戴着帽子，羊皮帽或毡帽，宽檐的、窄檐的都有，棕色、黑色居多。女人喜欢用艳丽的围巾把头部、脸部紧紧包裹住，还要戴上口罩。原因是阿里和那曲风沙大，海拔高，紫外线强烈，这样能起到保护皮肤的作用。

我在阿里一个单位的楼道里看到一个中年男人打着一把防紫外线的蓝伞，大摇大摆地走着。我觉得怪异，差点笑出声来。抬头看看天空，蓝天白云，晴空万里，没有下雨也没有飘雪，况且还在楼道里，太阳一点也没有照到他身上。我在想，这个人肯定刚来阿里，长期生活在阿里的男人，绝对不会进进出出打一把遮阳伞，而是随时戴一顶帽子。帽子的小细绳还要套在脖子上，一阵风起，稍不注意，帽子就会被吹走。如果打伞，就会连人带伞一起被刮到空中。

果然，他来阿里才一个多月。听人说在高原待久以后，会变得木讷迟钝，记忆力减退，头发变白，脱发严重，他原本就谢顶，所以更要保护好头部。我看他头顶，的确裸露部分较多，发出油亮亮的光芒。后来，这个人请我帮忙打听北京有没有植发的医院，他想给自己植一头黑发。我问了一位同学，她在302医院工作，说好像有点难度。

在一位阿里人的博客里，我看见一张照片，他在厨房做饭，头上戴一顶宽檐帽。我拿这张照片跟他开过玩笑，问他睡觉的时候是不是也戴帽子。他说帽子戴久了，进了家门，想不起来摘掉。阿里人，不管是男人还是女人，都有帽子。

刚到阿里的时候，地委宣传部一位副部长和办公室姚主任到车站接我，部长的宽檐大帽着实吓了我一跳。

王惠生在北京的夜色中戴一顶毡帽，就不足为奇了。

他几乎不主动说话，只是回答我的提问。问一句，答一句。有时候我问了，他也不回答。既平静又安详。

他说自己是回族，北京人，1950年出生。北京体育学院附中毕业，本来要考大学的，结果"文化大革命"就开始了。1967年到黑龙江上山下乡，落户到一个农场，并在那里成了家，妻子也是一位知青，东北人。1976年，他了解到西藏需要教师，1977年，他进入哈尔滨师范学校学习，两年后到了西藏。到拉萨以后才知道，阿里当时还归新疆代管，去不了阿里，只好在拉萨市团委上班。有一天，他得到消息，经过新疆、西藏协调，并报经中央批准，1980年1月1日，阿里地区由新疆重新划归西藏管辖，结束了新疆代管十年的历史。这个消息令他欣喜若狂。1981年经过申请，才如愿以偿，到阿里工作。

我问他为什么非要到阿里，拉萨也在西藏啊，条件还比其他地方好得多。

他说自己就是冲着阿里去的。当时听广播，知识青年要到祖国最需要的地方去，到边疆去。他在地图前看了很久，发现西部地区字迹稀少，手在地图上划拉了一圈，指到一个叫野马滩的地方，就决定到那个地方去。到了阿里，才知道野马滩是一片无人区。

一问一答中，还知道他妻子和儿子后来也去了阿里，儿子至今在阿里工作。他现在与老伴一起，住在北京大哥的房子里。他说自己体内的血全换了，有时候胸闷得难受。前几天去医院检查，医生是位年轻女同志，问他心跳的声音怎么怪怪的。他说从西藏回来。女医生说，这么大年龄，没事跑西藏干吗啊。

我说如果有机会再回阿里，你愿意回去吗？

他沉默了一会儿，用低沉的声音回答，我回不去了。

然后才说，2007年在阿里生病，被人送到成都医院，再没有回过西藏、回过阿里，那个时候还不到退休的年龄。

我感到了自己剧烈的心跳，知道他也患上了严重的高原病。

他说，我想回去，做梦都想回去，可是心肺变大了，肺无法正常收缩。

边说边伸出右手，五指花朵般张开，收合不成拳头状。

我叹一口气，问他后悔吗？人生最好的年华都在阿里度过。

他依然平静地说，不后悔，唯一后悔的是，没有更多时间在阿里工作。

送走他以后，恍惚而沉重，好几天，都不清楚自己处在繁华的京城，还是行走在狮泉河畔。

三、一封走了一年零七天的信

本来不想再打扰王惠生的，但在我不断的回想中，牵挂着一个故事。这个故事是他随便说了一嘴，当时只是觉得奇怪，没有深思。

故事的主角是一封信。他说 1982 年，曾收到母校哈尔滨师范学校一个校友的来信，这封信在路上走了一年零七天。

一年零七天。我反复咀嚼这句话。是不是我听错了，或者是记错了，要么是他说错了呢？我靠在床头，望着柔软而洁白的窗帘轻轻摇曳，偶尔有两只鸽子飞过。我不追随鸽子远去的身影，倒是琢磨地图上所有能够抵达阿里的路线。并自以为是地觉得，只有车和人能够走的线路，邮车和信件才能经过。这封信给了我无限的想象，我帮它设计了多条线路。

第一条线路，从哈尔滨乘火车到兰州，再乘火车到西宁。那个时候从西宁到格尔木还没有通火车，那么，这封信就只能从西宁乘汽车到格尔木，再从格尔木乘汽车到拉萨，到阿里。

第二条线路，从哈尔滨乘飞机到成都，再转乘飞机到拉萨，从拉萨乘汽车到阿里。

第三条线路，从哈尔滨乘火车到北京，再乘火车经过石家庄、包头、兰州、武威、嘉峪关，到柳园，到了柳园，就没有火车可乘了。从柳园站乘汽车经过敦煌，穿越柴达木盆地到格尔木，从格尔木继续乘汽车到拉萨，再到阿里。

第四条线路，从哈尔滨直接乘火车或者飞机到乌鲁木齐，再从乌鲁木齐乘汽车，经过吐鲁番、阿克苏、喀什、叶城，翻越喀喇昆仑山和昆仑山，到达阿里地区所在地狮泉河镇。

思绪随着这封信，一会儿云里，一会儿雾里，一会儿天上飞，一会儿地上跑。究竟走的是哪一条线路啊？不管从哪条线路抵达阿里，在20世纪80年代初，所有到阿里的道路，都有几个月的封山期。这封信是不是跟遇险的人一样，好不容易挤上一辆长途邮车，邮车却在拐弯的地方车毁人亡。好心人把邮包扛起来，翻过冰达坂，爬过皑皑雪山，最终到达狮泉河邮电局，到达王惠生手中。

一位军人给我讲过一个故事。一辆前往阿里的邮车过河时，水流湍急，导致翻车，邮件全都被河水冲走，司机差点被淹死，但还是受了处分。王惠生的那封信是不是也遭遇过河水侵袭，被坚守职责的邮政人员晒干后重新放进邮包，继续让它踏上前往阿里的邮路。

拿到这封信的时候，王惠生是激动还是伤心？信中是否有重要内容？他回信了吗？几十年以后的今天，两人是否还保持着书信往来。

20世纪60年代中期，李佳俊作为《西藏日报》、西藏人民广播电台驻阿里地区记者，对阿里通信难刻骨铭心。那个时候，阿里地委行署还在昆沙（即噶大克）。冬天漫长而寒冷，终于等到第二年五月冰雪融化，昆沙方面接到来自新疆喀什的电报，邮车已经从喀什出发，数日后将抵达昆沙。喜讯像飞翔的雄鹰，一路歌唱，传向四方。地区所有干部职工翘首期盼，札达、普兰、日土等县的干部职工，也兴奋得相互传扬，激动得脱掉手套，双手揉搓因为笑而牵扯得生疼的脸颊。

人们从日出到日落，总是走出房屋，有意无意地眺望旷野尽头。数日以后，没有等来邮车，却有电报传来。由于雪崩，阻断道路，邮车到达时间延误。人们如坐针毡，煎熬得眼睛充血。某一日，远远望见戈壁滩上烟尘滚滚。没有人心静如水，安静地坐在办公室和宿舍里，大家全都走出房门，不顾高原缺氧，纷纷跑向烟尘飞扬的地方。捧起洁白的哈达，挂到汽车车头上，挂到司机脖子上。有人扑向汽车，泪眼蒙眬。有人与司机拥抱，用滚烫的额头，去碰司机蓬头垢面的额头，用颤抖的双手握住司机树皮般粗糙的大手。有人远远地站在一边，不敢走近，怕没有自己的信件，也怕信件中有不好的消息，毕竟一年时间，没有来自远方的消息了。

90 年代，一位驻守喜马拉雅山脉的边防军人，也是在冰雪融化的夏季收到一封家书，是头一年 9 月，妹妹考上大学以后，写给他的报喜信。还有一位大学生，毕业后主动到西藏工作，由于大雪封山，内地的女朋友很长时间没有接到他的信件和电话，以为他变了心，就成了别人的新娘。这位大学生在一年以后才得知消息，伤心欲绝，创作了一首歌曲，名叫"墨脱情"，这首歌深情悲壮，哀婉凄凉。每当我想起西藏，就会唱上几句。

郭玉普，河北省第二批援藏干部，他在札达县当副县长的时候，是 1998 年左右，整个札达县只有两条电话线。有一次，女儿发高烧，妻子打来电话，只说了两句，就断了。他在电话旁，守候了两个白天，不停地拨打，也没有拨通，只好跑到部队，通过军线，才听到家人的声音。部队电话也不是白打的，一分钟，80 元钱。

20 世纪 90 年代后期，邮车已经比较规范。每周从拉萨到狮泉河镇，对开一班邮车。每周从狮泉河镇到其他几个县城，也对开一班邮车。没有特殊情况，邮车会按时到达。郭玉普说，其实知道邮车到达的大致时间，但每天中午和傍晚下班以后，总会情不自禁地走到邮局，或者散步到县城外面，沿着那条通往地区的土路行走，如果恰好有一辆邮车到来，几天心里都乐滋滋的。

郭玉普说，他在札达的时候，条件已经很好了，一个月就能收到一封家书。

王惠生的那封信，使我坐卧不安。与王惠生便有了第二次、第三次见面。

其实，那封信只是一份普通信件，校友询问西藏情况，他回了一封信，就杳无音信了。

我在想，如果那封信是我写的，当第二年或者第三年才接到回信，除了莫名其妙，就是不可理喻，也不会再与王惠生联系，更不会步王惠生的后尘，义无反顾地去西藏援边。

现在，阿里和西藏其他地区一样，通信状况今非昔比，固定电话和手机使用比较普遍。这与国家对西藏的支持密不可分。

在西藏，公路只限速，不收费。中小学实行义务教育，从小学到高中，学生在校学习实行三包，包吃、包住、包穿。许多酒店宾馆，免费上网和打国内长途电话。

和王惠生在一起，还有一个小插曲。也是我与他见面三次以来，第一次看见他的笑容。

我给他带了两本挂历，杂志一般大小。是一位援藏干部从西安寄给我的，画面是阿里风光，夹杂些对口援助项目。因为我帮他们看过文字稿，提出过修改意见，所以得到他们的馈赠。知道要见王惠生，专门挑了两册给他。

没想到，他刚一翻开，就把挂历推到我面前，并说，乱花钱。

我说这是专门送给你的，心想你离开阿里三年了，看到阿里风光，一定会高兴的。

他说，没啥高兴的，这叫有钱没处花，印这么个挂历，少不了几千块钱。阿里风光照，哪一张不比这清晰漂亮？最笨的人拍的照片都比这好。日期数字排得这么小，给谁看啊？

我笑着说，您是说这位援藏干部很笨吗？

他说，就是，他是最笨的援藏干部。我不要这东西，简直丢阿里的人。

见我哈哈大笑，他也笑了起来。

他带我吃的是北京小吃，豆汁、肉饼、驴打滚。吃完饭，他抢着付钱，这让我觉得不适应。我们去了孔庙、国子监、雍和宫，他还是抢着买门票，但只买一张，他说你去吧，我在外面等着。我只好一个人进去，他在大门外帮我提着背包。

回学校的时候，按照我的习惯，打一辆出租车就行了。他却掏出公交卡，刷两次，算买了两个人的车票。换车三次以后，他刷了一次卡，就下车了，告诉我别忘记到现代文学馆站下车。

我问他住哪里。

他说在崇文门内。

刚才好像经过那里了啊，你怎么不下车。

他说怕我不知道怎么转车，专门送我的。

我说，王主席，您大可不必这样细心，我丢不了的。

他说只要是阿里人到北京，都会带他们在北京转一转，外地人对北京不熟悉。

我笑着说，您把我当阿里人啦？

他说，阿里太远，没有多少人去过，只要是到过阿里的人，都不容易，你也一样。

这是我与王惠生面对面的最后对话。说这些话的时候，北风呼呼地吹着，冻得人发抖，护城河、水池、树根下的低洼处，结着一寸多厚的坚冰。

四、摄影家眼里的王惠生

和宗同昌见面，完全是因为古格故城考古的事，但很大一部分时间，我们在谈论王惠生。好像王惠生是我们两人最好的朋友和熟人，是我们的桥梁和纽带，是彼此信任的依据。

宗同昌已经从故宫博物院退休，从1985年开始，他曾经八次到阿里，参加过古格故城考古工作，担任考古队的摄影师。他说从阿里回到北京以后，和王惠生联系就少了，大约2008年，忽然接到王惠生的电话，声音很沉重，说自己上不去了。

宗同昌说到这里，停顿了一下。怕我理解不了，就说，西藏人把进藏说成上山或上去。把到内地说成下山或下去。

我点点头，表示明白。

他继续说，阿里本地人都把老婆孩子往内地迁，他却把老婆从东北弄到阿里，把儿子从北京弄到阿里。老婆在东北本来有单位，到阿里后没有正式职业，就发豆芽卖，住在离城几公里的地方，没有班车，王惠生还不让搭单位的车。承包温棚种蘑菇，还不能卖高价钱，卖高了，王惠生不高兴。儿子工作他也不管，到现在还是工人身份，按照王惠生的威信，在阿里给老婆儿子安排个工作，都算不上个事。阿里街上最苍老的女人，就是他老婆。他老婆年龄不大，头发都白了，一件衣服穿好几年。听说他儿子到现在都恨他。王惠生有个特点，对家里人严格，对别人热心。

外地人到阿里，他都想尽办法做一顿好吃的招待。他经常拿自己的工资给老百姓，觉得给予是一种幸福，藏族人把他当成活菩萨。在阿里，他甚至比孔繁森影响还大。

我忍不住插话，他也很节俭，见他三次面，都穿同一件棉袄，最后一次，可能是太冷的缘故，在灰白色的棉袄上加了一件墨绿色粗布外罩。

宗同昌说，为了改良阿里羊的品种，他把北京城外诚家具城老板送给他的五只良种羊带到了阿里。

我愣住了，与宗同昌的眼睛对视。他始终笑眯眯的，与王惠生的一脸平静判若两人。

我长长地呼出一口气，白雾袅袅，在两人中间缥缈。

然后，望着宗同昌的眼睛，像辨析两枚先秦的刀币。

我缓慢地、庄重地，第二次问他，你是说王惠生把五只活羊从北京运到阿里？那可是几千公里路啊。

宗同昌的神情没有一丝变化，白头发、白胡子亮晶晶地闪着银光。他毫不迟疑地对我点点头。

我忽然间哈哈大笑，觉得这是一个天大的笑话，干这种事的人，要么是诗人，要么是神经病，怎么会是沉稳练达的王惠生呢？

渐渐地，我就笑不出声了。这种事还有一种人可以干出来，那就是意志特别顽强、内心特别强大的人。王惠生显然属于后者。

世界上真的有这种人吗？五只羊，一只大羊，四只小羊，他是用什么办法运走的呢？从来没有听说过，客机上允许搭乘活蹦乱跳的牛羊猪马？除非是包机，或者火车可能会帮他的忙。我曾经在陕南的普快火车上，见到山民把小猪小羊、鸡鸭鱼鹅，装在麻袋里、背在竹篓中、扛在肩膀上，从一个乘降所运到另一个乘降所。还看到火车上有卖荔枝、柑橘、芝麻糖的人。

从首都北京，到西南边陲。一个男人，五只羊，人羊同行。火车、汽车、徒步。白天、夜晚。城市、戈壁、冰达坂。风雪、雷鸣、闪电、冰雹、雪崩、泥石流。在路上，羊是怎么吃、怎么住的？按照路程推算，至少也得一二十天。

王惠生和他的五只良种羊，在迢迢万里路上，是一道多么奇妙的风景啊！

五、儿子心中的父亲

我 1984 年出生，听我妈说，我一岁零三个月的时候，我爸才回来看我，他到内地出差，在家待了三天半。我从来没有见过爷爷，奶奶在我七岁的时候就去世了。去世前几天，我爸还在家里，单位工作忙，他就走了。还没有到阿里，报丧电报先他而至，他没有为我奶奶送葬。

听我爸说，阿里很多熟人都不想生孩子，也不知道怎么回事就生了我。五岁以前，跟我妈在东北生活，五岁到十岁，在北京上学，跟我大伯、大妈住。十岁的时候，我爸把我带到阿里，后来我妈也从东北到阿里，一家三口算是团聚了。我妈到阿里的时候，才四十岁，可以把工作从东北调到阿里，但我爸不同意。

我爸对我也漠不关心，说实话，六岁以前，我都不知道我爸是谁。很长一段时间，我什么坏事都干，打架、斗殴、赌博。记忆中，我爸打过我三次，一次是在北京，我上学迟到，老师给家长发了通知，我把通知单藏起来，我爸知道后，打了我——我爸最讨厌骗人。后来两次都是因为我赌博。上小学、中学的时候，别的家长每次给孩子零花钱都是二三十元，我爸我妈才给我几元，阿里物价那么高，一棵白菜十元钱，一袋牛粪七元钱，几元钱够买啥。上中学的时候，我就发誓，要挣很多钱，长大了不花他们一分钱。

后来，我爸实在管不住我了，就把我送到阿里地区劳教所。劳教所的管教人员看见我爸，都很尊敬的样子，他们不敢收我。但这一次，把我吓住了，再也不敢打架、赌博了。高考的时候，差一分，有人劝我爸，找人说说话，我就能到内地上大学了。可我爸一点都不帮我，只好到山东上了个大专班。

在山东上学的时候，每次给家里打电话，我妈都说，钱要省着花，学费是你爸借的，昨天我才捡到几个啤酒瓶，卖的钱不多。我还以为我们家真的很穷，课余时间就到洗车场洗车，有时候一个月能挣到 1000 多元。那个时候，挣钱的欲望特别强，有一次，我爸到山东还看过我，知道我洗车挣钱，也没说什么。

2003 年，我从山东毕业回到阿里，我爸对我工作的事不闻不问。直到这个时候，我还不知道我爸是个什么官，以为就是县长那么大个官吧。我无事可干，就跟我妈到她承包的温棚里侍弄蘑菇，帮着搭塑料薄膜。我妈其实是个成功的商人，她学过农业，种植蔬菜很有经验。每年种植蔬菜，能挣到十多万元，还倒腾过车，也能挣十多万元。但是我妈是个守财奴，一件衣服穿七八年，十年才回一次东北老家，怕花路费吧。

我也做生意。狮泉河镇一共有八家网吧，七家都是我开的。还有一家宠物店、一家招待所、一家饭店、一家台球店。有一年，我亏了七八十万，我大伯、姑妈家的孩子都帮我。我的同学、朋友大多在阿里，从小跟他们在一起，藏语说得很顺溜，他们也帮我。第二年就扭亏为盈了。目前还没有到北京发展的愿望，不愿意离开这里的朋友。

我爸开始反对我做生意，后来也不太管了，生意做亏了，也不告诉他。反正现在他在北京，也管不上我。

我爸希望在成都有一套房子，因为阿里人退休以后，都喜欢住在成都，我想帮他实现这个愿望。

以前，我特别恨我爸，觉得他不关心我，现在慢慢理解了。前一阵他还给我寄来一双骆驼牌户外鞋，他知道我喜欢这个牌子，还给我寄来茶叶，一个多月才收到。我爸一辈子清明，我也要清明，还要让我的后人也清明。我爸回到北京，阿里人常去看他，有些人到北京看病、出差、旅游，干脆就住在我们家里，我们家差不多就是阿里驻北京办事处。

从小受我爸的影响，觉得一个人的名声很重要。以前看见他拿着奖状或别人写他的书，很高兴的样子，我也希望有好名声。我的理想是挣很多钱，全部捐出去，要比我爸捐出更多的钱。

那羊啊，是五只。一只大羊，四只小羊。大羊是母羊，小羊中两只是公羊，两只是母羊，都是鲁西南小尾寒羊。1999 年左右的事，是北京城外诚家具城老板送的，他对阿里有恩，曾经捐助过阿里的"希望工程"。那羊的个头太大了，比阿里本地羊体格大一倍。阿里人从来没有见过这么肥壮的羊，都跑到我们家里看。我跟我妈天天给羊割草，还牵到狮泉河边去放羊。公羊和母羊都跟当地的羊交配过，生过两只小羊。后来，我爸把羊送给了草原站。

羊是从北京乘火车到乌鲁木齐，再乘大卡车经过吐鲁番、阿克苏、喀什、叶城到阿里的。好像给羊还办了动物检验检疫卡。路上用了一二十天时间。听我爸说，转车的时候，他把羊牵到城里的草地上吃草，汽车在路上修车、加油、加水的时候，就把羊从车厢里抱下来，放到路边吃草，没有草的地方，事先准备一些草料。

有一种静默叫伤痛

小时候，听爸爸唱一首歌：蓝蓝的天上白云飘，白云下面马儿跑，挥动鞭儿响四方，百鸟儿齐飞翔……

我一下子就喜欢上了这首歌，悠扬的曲调，美丽的色彩。最令我向往的是歌中的场景。可是我不知道那是什么地方。

后来，我进了学校，背着橘红色的花书包，从蹦蹦跳跳到羞羞怯怯，才知道，遥远的天边，有一种地貌叫高原。

高原上有雪山、草原、藏红花和洁白的羊群。

追随着这些文字，一次次来到高原。果然看到了雪山、草原、藏红花和洁白的羊群。还体会到了寒冷、孤独、雪崩和稀薄的空气。

再后来，我到了青藏高原的最西端，到了一个叫阿里的高原。不但看到了雪山、草原、藏红花和洁白的羊群，体会到了寒冷、孤独、雪崩和稀薄的空气，还深深地理解了"生的艰难，死的容易"。

有一天，一个美妙的声音在我耳畔响起。这个声音的主人叫刘兴秀，曾经两次援藏，前后历时五年。她在给我朗读她的《云天之冠》。这是她在援藏期间，写出来的一本心灵感悟之书。

从太阳高挂在天空，到漆黑的夜晚降临，我们一直在一起，一直朗读与倾听。从她声情并茂的诵读中，知道了一个个故事。

在靠近喜马拉雅山的地方，一个小女孩等了她两天，为的是送给她一把嫩绿的豌豆角。在海拔 5000 米的札达山上，人家问她想吃什么，她随口说这里海拔高，羊肉一定很鲜美。两个小时以后，她果然吃到了香喷喷的手抓羊肉。从珠穆朗玛峰大本营下山途中，三辆车相撞，她险些丢命。撞车前两分钟，她刚刚把挂在脖子上的照相机取下来。如若不取，相机紧贴胸口，与车身剧烈撞击，后果不堪设想。尽管幸免于难，但依然鼻子流血，过了好一阵才清醒过来。

她朗读自己撞车经历的时候，依然很流畅，好像这些故事发生在别人身上，跟她没有一点关系。而她读到才旺拉和尼玛拉的时候，停顿了好几次。一再给我解释，才旺拉和尼玛拉在阿里地区某单位工作，一位是领导，一位是农牧业方面的技术人员。她2003 年去札达县和普兰县旅行时，才旺拉给她提供了车辆，他们三人同行。才旺拉四十多岁，普兰县人，对当地情况非常熟悉。尼玛拉的老家在林芝，打算将来退休以后到拉萨生活。

她的一再停顿引起了我的注意，我知道不管是才旺拉还是尼玛拉，都不是一个藏族男人的全名，而是对朋友的昵称，这里面一定有故事。

忽然，我看到了她眼镜片后面晶莹的泪光。

她合上书本，伤心地对我说，才旺拉去世了，大概在 2006 年左右。

她说，才旺拉的死亡原因听起来有点不可信。才旺拉的一个朋友跟他借车，才旺拉怕朋友对车况不熟悉，就主动陪同这位朋友出车。朋友的家人去世了，要送到神山冈仁波齐的天葬台天葬。车还没到天葬台，运送尸体的车就翻了，才旺拉和朋友全死了。这一天，天葬台一连葬了他们三个人。

她停在那里，把书放在膝盖上，书的封面是淡蓝色的底色，白雪皑皑的雪峰。我知道，这是她在青藏高原，从飞机上俯拍到的照片。

我们两人安静地坐着，一言不发。

这种静默只属于最好的朋友，只有与西藏神灵相通的人，才能感应和触摸到彼此的忧伤。

2009 年 7 月 29 日下午，我在武警交通部队一间朝南的办公室里，和副政委张毓育交谈。正说到高兴处，一位军官敲门进来，拿着一张纸，请张毓育签字。

我和张毓育面对面坐着，中间隔着两张办公桌。从纸的背面隐隐约约看见了两个字，挽联。

但是我不确定，待她签完字。我说，张副政委，我能看看这张纸吗？

她把纸递给我，确实是一副草拟的挽联。

为国捐躯千秋英名传万代

英勇牺牲昆仑静穆痛英魂

张毓育说，这位战士上山刚半年，是一位新兵，十九岁，老家在内地农村。五天前，一辆地方上的长途货车在219国道上翻车，司机卡在驾驶室出不来，希望部队援救。我们就派了几名战士执行任务。这位战士爬到驾驶室，用电锯切割车体，车厢的货物掉下来砸伤了战士的头部。当时战士只是头痛，没有特别反应，过了几个小时，就死了。这种事故几乎每年都发生。阿里高原再苦再累，我都能承受，最忍受不住的是处理战友的后事。怕面对战友父母哭肿的脸庞。这位战士的父母接到电话，就从老家省会城市转乘飞机到拉萨，昨天已经从拉萨乘汽车往这边赶。再过两天，他们就该到了，战士的遗体还在太平间躺着，唉……

张毓育沉默下来，我也沉默下来。很长时间，我们面对面，什么也没有说。

窗外是辽阔的戈壁滩，戈壁尽头，是逶迤的雪山。雪山一会暗淡，一会灿烂，那是云彩与阳光，在高空相互替换，绘制出来的图案。

张科，是武警交通部队第八支队的军医，也是"中国武警十大忠诚卫士"之一。在八大警种部队数万名官兵中，能荣获此项殊荣的寥寥无几。尽管如此，张科还是有很多无可奈何、无能为力。

2002年4月，武警交通部队第八支队奉命挺进阿里，养护和保通新藏公路叶城到萨嘎段。他们的专业术语叫上勤。从叶城到阿里，海拔一路飙升。路上遭遇暴风雪。张科是随队军医，和战友们一样，他也出现了头痛脑涨等高原反应，只能忍着，不能让战友们看出来，以免动摇军心。还没有到狮泉河镇，驾驶员黄帅因为长途驾驶，体力严重透支，出现感冒症状，他没有将病情告诉军医。感冒很快引起肺水肿，张科给他输液吸氧，作用不大，又出现脑水肿。

他陪同黄帅乘上卫生车，快速赶到狮泉河镇，住进医院抢救，黄帅的病情依然没有得到控制。八支队领导将他的病情报告给中国武警总部，从兰州军区派来一架黑鹰直升机，要把黄帅和另外两名重病患者接到内地抢救。

飞机还没有飞越昆仑山，抵达神山下的狮泉河畔，黄帅就痛苦地闭上了眼睛。张科眼睁睁地看见自己的战友死去。而他，是一名医生，救死扶伤是他的职责，他却没有能力挽救一个活生生的生命。这让他每当想起，就痛苦不堪。

黄帅才二十五岁，是一位新婚不久的新郎官，妻子刚有身孕。黄帅牺牲以后，按照他的遗愿，将遗体安葬在新疆叶城烈士陵园，那里也是新藏公路零公里处。每次下山到叶城，张科都要去祭奠众多的战友。

他说，他有愧于那些过早离开人世的战友，但又毫无办法，这种苦只有医生才能理解。

还有一位年轻战士，也是非正常死亡。躺在太平间等父母来看最后一眼。战士的父母从四川老家千里迢迢赶到阿里，母亲哭得死去活来，战友们都去搀扶母亲。而那位父亲，自从见到儿子的遗体，就没有见他流一滴眼泪。过了很长时间，才慢慢走到儿子的遗体前，揭开洁白的布单，仔细地看着儿子，然后举起右手，向儿子的脸上打去。

一边打，一边狼一般地吼道："你有啥资格死在娘老子前头！"

战士们去拉拽父亲，父亲踉踉跄跄向太平间门外走去，刚走到门口，就顺着门框滑下去。好不容易把父亲抢救过来，父亲的两只眼角，同时挂着两滴黏稠的血珠。

那血珠黏稠得如同寒冬的蜂蜜，浓酽得化也化不开。四十多岁的父母，一夜之间，仅仅是一夜之间，黑头发全部变成了白头发。

张科一字一句，缓慢地讲述，生怕我听不清楚，需要他重复。

我知道，他是不愿意重复这些话的，万不得已，也不愿意说出这些事。我理解他，就像他理解我一样。

我们没有再提这件事，而是安静地坐在原处。

2010 年 8 月，第二次到阿里。地委宣传部办公室姚主任给了我很多帮助，她是四川人，夫妻俩都在阿里工作。

她说阿里歌舞剧团有一位女演员，五十多岁，一次下乡到牧区，为牧民独唱一首《洁白的哈达》，唱到高音处，唱不上去，一口气上不来，倒在舞台上就死了。女演员的丈夫在文化局工作。

我便打出租车到文化局，星期天大家不上班，门卫是位中年藏族男子，他听不大懂我的汉语，我更听不懂他的藏语，比画一阵，没有收获。只好独自在街上闲逛，当我走到宽阔的广场上时，一组雕塑吸引了我。雕塑上有一位藏族女子，双手捧着一条哈达，高高地举过头顶。神情专注，哈达飘逸。

绕着雕塑转了一圈，仰望那女子，女子便在蓝天里了。觉得那女子正在唱歌，正在跳舞。唱的歌叫"洁白的哈达"，跳的舞，则是阿里独特的舞蹈——宣舞。

生的艰难，死的容易

很多场合，与人说起阿里，总有人一脸茫然，但说起孔繁森工作的地方，就恍然大悟。

孔繁森因车祸而离世，但这样的事情在青藏高原一点也不稀奇，甚至可以说司空见惯。

2010年年底，阿里地委一位领导对我说，阿里近三年来，有54名干部因车祸和高原病而亡故，其中18人是县处级以上干部。

《阿里地方志》有这样两段记载：

"1962年2月10日，地区卫生院对1959年进藏的部分干部进行全面体检。干部发病率100%。在133名汉族干部中，有63.1%患高原适应不全症；82.2%患神经衰弱症；70%患有沙眼。

1987年，阿里地区对七个县所办的五所中小学的2000多名藏族学生体格发育水平进行首次调查。调查结果表明，阿里地区藏族青少年生长发育水平低于另外16省及拉萨地区。"

一位多年从事高原病研究的部队医生给出一串数字。在高原连续工作八年以上的人，高山适应不全症 100%，高原心脏病 90% 以上，血色素增高 90% 以上，普遍有心律不齐、血压升高、血脂升高、脱发、脱齿现象，胃炎、关节炎、结石等疾病也很普遍。

任富山的老家在陕西韩城，目前在户县生活。1972 年他从老家当兵到新疆喀什，1973 年随部队到藏北改则县一带执行测绘任务，后来到普兰边防连工作，1978 年复员到阿里地区工作。2003 年，已经是阿里地委常委、宣传部部长的他，却因心脏病严重，再也无法胜任高原工作，只好回到内地养病。这一年，他五十二岁。

任富山说，在高原干到退休才回内地的人，因为身体内部器官已经不适应内地环境，有"三五八"三道关，即三年、五年、八年。有些人过不去这三关就走了，如能过了这三关，问题就不大。退休回内地的人，每年到海拔稍微高的地区生活一段时间，情况会好一些。

和任富山交谈的一个多小时，大部分时间，都在讲他刚回内地时的经历。

他说那个时候，他常常休克。正在好好地吃饭，或正在说话，身体就不听使唤了。倒在地上人事不知，睁不开眼睛。掌握发病规律以后，他就告诉家人，发病以后，躺着别动，先打120，医生来了以后，再实施抢救。几家大医院对他这种病都无可奈何，有人介绍他吃一种部队生产的保健药，坚持服药三年，到 2006 年夏天，身体就完全康复了。

大概因为这种药挽救了他的性命，他反复介绍这种药的疗程、使用方法。我开玩笑说，你比广告商都敬业。

高原病，是高海拔地区人的最大杀手。

阿里地区海拔高。这里平均海拔 4500 米，人们的日常生活和工作受到影响。驾驶员也是人，为了避免在达坂、雪山和无人区休息，使乘客和自己少受高原病折磨，往往日夜兼程，长途跋涉。

许多人都对我说，阿里的司机非常敬业，把车看得很重，一般不让别人开他的车。车一旦上路，乘客的命就掌握在司机手中。为了赶路，连续奔波 1000 多公里是常事，下车休息时，司机腰酸背痛，十指僵硬，双腿不能活动，有的甚至被抬着下车。

在阿里坐车，不但要有一副好身板，还要有一个好屁股，女人在生理期乘车，更是一种折磨。乘车人如此，司机谈何容易。

阿里高寒缺氧，少有绿色，景色单一，司乘人员容易出现视觉疲劳。雪崩、冰雹、泥石流、冰河、沼泽，发情期的野毛驴、野马、牦牛、狼等，冷不防地横冲直闯，稍不注意，也会造成车毁人亡。

加之当地医疗条件差，翻车造成的胸腔出血、颅内出血，在阿里难以得到及时救治，眼看着自己的战友、同事、亲人，倒在自己的怀中，大有叫天天不应、叫地地不灵的无奈和悲怆。

一位阿里干部给我讲一个真实事件。一辆车翻车以后，一名伤员从车里爬出来，还能站着行走。另一辆车得到消息，前去营救。车开到一半，发现汽油不够，回去给车加油。加完油以后，再去救助，发现医疗器械没有带够。等所有东西都备齐，把伤员送到医院，已经过了五个多小时，终因失血过多，不治身亡。

第三批援藏医生王建华、第五批援藏医生杨福泉，都曾谈到阿里人面对死亡的态度。

王建华说，他在阿里地区医院上班的时候，一位十岁左右的孩子肚子里长满了虫子，因医治无效死亡。孩子的父亲用羊皮袄把孩子一裹，抱着孩子就走了。他看着心里很凄凉。

杨福泉也说，阿里与内地医疗上的最大不同，就是阿里几乎没有医疗纠纷。

两位医生分析，一方面，阿里人对死亡的这种态度，大概与他们长期受宗教思想影响有关，重生轻死，相信人死以后会有来世和轮回。另一方面，恶劣的自然环境，严重地摧残着人的身心。身体变得脆弱，思维变得木讷，身心疲惫，缺乏激情。生死由命，富贵在天，面对死亡，麻木淡然。物质生活匮乏，长期处于贫困线以下，生的艰难，死的容易。饥寒交迫下的生命，漠视死亡是一种常态。

阿里的交通条件成为高原病的帮凶。

狮泉河镇到拉萨1750公里，距新疆首府乌鲁木齐2800公里，距新藏公路的起点叶城1060公里。这样远的路程，放在内地，车况再差的汽车，也就是三四天，或更短时间，就能到达。

但阿里四周有四列著名的大山环绕，喀喇昆仑山、昆仑山、喜马拉雅山、冈底斯山。四列山脉一列比一列高峻嶙峋，随处可见5000米、6000米以上的雪峰，不管从地球上的任何一个地方抵达阿里，都是难于上青天的壮举。何况，目前能通往阿里的公路，只有219国道和藏北简易沙石路。

汽车在高原上，跟人一样，也会发生高原反应，零部件常常出现稀奇古怪的异常。水箱结冰，油管冻裂，车轮爆胎，马达不响，在内地想象不到的事故，在高原都可能发生。

阿里经常发生车祸，并且汽车易迷失方向，与阿里的一种雾有关。这种雾一般出现在日出以前和日落以后，一团一团，鬼魅莫测，幽灵一般，影响人的视线，司机稍不注意，就会误入歧途。

家喻户晓的电影《孔繁森》，是在西藏境内取景，包括阿里。但没有任何一位演员到过阿里，更没有在阿里实地拍摄。从这一点，也可以看出阿里对于外界的陌生和遥远。

冈仁波齐的诱惑

一、转山

让我轻轻走进你清纯的梦乡

你自然的模样你和谐的乐章

让我好好听听你天籁的歌唱

你自由地飞扬你快乐的时光

此时此刻，我在陕西自己的书房里，低声朗诵着这几句歌词，划动火柴，点燃藏香，袅袅香烟之中，一遍又一遍回味阿里时光。

所有的动作都是那样轻巧，所有的思绪都是那样美好。

火柴，是普兰县科迦村的欧珠给我买的印度火柴。藏香，是我从拉萨带回来的尼木藏香。此前，我不信教，不燃香。当下，依然不信教，燃起香烛，只是一种仪式，对这些文字，所持的神圣和虔诚的情感。

几年中，我五次进藏，三次抵达阿里这片广袤高原的时候，已经记不清多少次从神山圣湖旁边经过。每一次经过，都觉得高拔的雪山、宽阔的湖水，只是一道风景，供游人观光，留给信徒想象和膜拜，与我本人没有一丝一毫的关联。

直到 2011 年 5 月，我去神山脚下的塔尔钦镇，寻访神山志愿者之家的创建者任怀平时，住在简陋的客栈里，同屋的男男女女、老老少少，无一不是刚转完神山，或正准备转神山的信徒和非信徒，他们对我到了神山脚下不转山而大惑不解。

他们说，不就是两三天时间嘛，大不了死在山上，你要知道，许多人都希望死在转山路上，那是他们一生的凤愿。

我摇着头，慌张地说，不行，我还没有活够。

有人对我说，你要写阿里，绕不开神山圣湖，不转神山，就写不出神山的味道。

沉默了许久，我说，我不想死。

几个人哈哈大笑，不想死就不死吧，没有人强迫你死，又不是所有转神山的人都会死，死的只是少数。

当我再次出现在塔尔钦镇的时候，任怀平和几位熟人一见我，就对我说，你的状态不适合转山，得休息适应几天。况且，马上就要过萨嘎达瓦节了，过节以后转山，更能祈福保平安。

我坚持在过节前转山，转完山以后，参加萨嘎达瓦节，然后回到狮泉河镇，继续忙碌。

所有来塔尔钦镇的人都得出示身份证、边防证，转神山，还得在边防派出所办理单独的通行证。

我与四位叫不上名字，又同住一间房屋的男女一起，结伴转山。出发的时候，是个寒冷的清晨，天上飘着细小的雪粒。

一位两年都没有联系过的内地人打来电话，说昨天晚上梦见我了，梦中的我不理睬他。

我说不会吧，怎么在我转神山的时候梦见我，是不是在跟我告别？

同行者安慰我，不会的，你如果死了，我们把你托运回去。

这一天，是 2011 年 6 月 13 日。

大金广场，也叫经幡广场，是过去牛羊交易市场，每年萨嘎达瓦节佛事活动都在这里举行。从这里，可以清晰地看见神山雪峰。广场附近有一座寺庙，寺庙的喇嘛经常帮助逝去者天葬。天葬台就在广场靠山的地方。我不敢仔细仰望天葬台，有一些胆怯。天葬台四周，凌乱地散落着棉被、衣衫、藏袍。有人说，那是包裹尸体用的，尸体天葬了，灵魂随了衣服散开去，就可以顺利进入下一个轮回。

转山道上、大金广场、天葬台附近，只要有人的地方，都游荡着老老少少的家狗、野狗。一位佛教徒伤感地对我说，塔尔钦的野狗无一不是吃过人肉的。

因为这样的话，每次见到狗的时候，我都远远躲开。

大金广场，五彩缤纷的经幡随风飘扬，阳光已经普照，解开棉衣扣子，歇脚拍照。

顺时针转山者越来越多，逆时针转山的人较少。

冈仁波齐，被佛教、印度教、耆那教、苯教，视为世界的中心。在这条转山道上，前三者顺时针转山，苯教逆时针转山。人们不会因为方向的不同而产生异议，都会微笑祝愿。神山就像一双宽厚慈爱的大手，把所有人会聚其中，传递着同样的温暖。

我们自然是从众者，顺时针而行，走大环线。

转山道分两条，外线是以冈仁波齐山峰为核心的大环山线路，全程50多公里。徒步需要三天时间，体力强健者，两天也有走完的，磕长头则需15~20天。内线是以冈仁波齐南侧的因揭陀山为核心的小环山线路。

徒步转冈仁波齐，从塔尔钦镇出发，经过大金广场、曲古寺、哲热普寺、尊追普寺等，其中还要翻越海拔5600多米的卓玛拉雪山，最后回到起点。

夹杂在络绎不绝的转山者中间，开始还惶恐不安，万一高原反应，体力不支，困在荒山野岭，可不是开玩笑的。以前，到纳木错的时候，高原反应折磨得我恶心呕吐，欲死不能。冈仁波齐转山道，海拔远远高于纳木错。

担忧自己的身体，是所有转山者必须面对的问题，我也超脱不了。

说笑声多了起来，认识的，不认识的。骑马的，徒步的，磕长头的，被人背着走的老人、小孩，高原反应者，藏族人、汉族人、印度人、尼泊尔人、德国人、俄国人。藏语、汉语、英语，还有各种各样听不懂的语言。穿藏袍的百姓，披红色袈裟的喇嘛，身着黄色袈裟的印度僧人，穿时尚服装的各国游客，全都汇集在这里。逶迤在这条古老的、热闹的、崎岖的、艰辛的道路上。

肤色不同，民族不一，国籍各异，男女有别，老少皆有，神态表情却是相同的，虔诚、幸福、喜悦、满足、快乐、热情、友善、爱怜、肃穆……

当然，冷漠也是有的，在不计其数的转山者中，我只见过一位一脸严肃，高仰着头颅，漠然着双眼的男人。这个人显然是内地人，脖子上挂着昂贵的照相机，身穿高档户外防雨服。他独自一人，走走停停，摄取风景。有好几次，我们的眼神差点对接，都被他不屑地避开。我则满脸喜悦与欢畅。

走到险路的时候，大家纷纷坐在石头上，相互问候，语言不通，一个手势，一个微笑，就能相通。那个人却匆匆而去，形同陌路。一个念头突兀而出，这个时候，假如他高原反应，痛苦得死去活来，会不会有人救他？假如他一不留神，顺着冰川滑到冰河里，会不会有人安葬他？

答案是一致的，绝对会有人帮他。尽管他高傲得如同一头斗胜的公牦牛，与虔诚友善的转山者格格不入，但这是一条流淌着慈悲与博爱的通神之道。不但今天有人帮他，千年前的古人，也会关照他。

夜里，住在希夏邦马宾馆，这是一家简易的两层楼客栈，供转山者歇脚住宿。院子里拴着牦牛和马匹，也有自带帐篷，在牛粪与马粪之间安营扎寨的。

屋顶上吊着一根长长的电线，却没有灯泡。进进出出靠手电筒和没有信号的手机照明，好在月光皎洁，如水似银。柴油发电机轰鸣了一阵，就不再响起。恍惚间，一阵冷风、一阵雪粒、一阵马嘶、一阵诵经声。除此之外，就是寂静，浩渺无垠的寂静，气贯长虹的安宁。

有些头痛，辗转反侧，一夜无眠。

清晨，我们在河边等待同行的一位小伙子，他投宿在河对面的寺庙里。河水上涨，冲走了头一天还搭在河上的木板。女孩去找他，绕了三四里路，过了另一座木桥，才到红白相间的寺庙，没有找到小伙子。留下话，请活佛转告，如果见着小伙子，就说我们已经出发了。

翻越卓玛拉雪山时，我和许多人一样，嗓子眼里冒着青烟，但不能坐在雪地上歇息，一旦坐下，就有永远也起不来的可能。只能拄着拐杖喘一会粗气，用拐杖使劲凿开积雪表层，抓一把干净的雪粒，吞咽几口，以解饥渴，然后手脚并用，继续攀爬。

这个时候，有人向我微笑，嘴里念叨着什么，有人向我竖起大拇指，有人问我是否需要拉一把。尽管听不懂对方的语言，但伸出的大手，递过来的一块奶渣、一小片苹果，灿烂的笑容，谁都能理解，谁都会感动。

在一处怪石林立的山道上，头痛加剧，口里冒着白烟，体力不支，只听见自己粗重的喘气声，挪动一步，都非常艰难。

一个念头星光般闪现，又瞬间消失。

这是一个怎样的想法呢？这个想法，就是死。如果死在这里，就不会如此难受。如果死去，也是一种解脱。

就在这一瞬间，特别能理解信徒们的生死观，对他们愿意死在转山道上表示尊重。

一只藏族人的大手向我伸来，用力地向上拽。另一位藏族人的手向我伸来，推着我的后背。巨大的慰藉和轻松向我袭来。我得救了，可怕的念头一掠而去。

终于有力气说话的时候，我一连说了几声谢谢。他们只是露出洁白的牙齿、欢喜的微笑，却无法与我用语言交流。

与其说我是爬上卓玛拉山口的，不如说是被藏族人连推带拉拽上去的。下山的道路海拔虽然降低，但乱石、冰湖、河沟遍布，随时都有崴脚，掉进冰湖，被河水阻隔的危险。就连骑在马背上或被人背着走的人，走这段路的时候也要脚踏实地、谨小慎微，拄着拐杖，蹒跚而行。路上，常常看见几个男人排成一队，拉拽陷进冰河或乱石中的马匹和牦牛。也有人，一路歌声一路笑，我也和他们一起歌唱，相互搀扶，一起走过。

这样的路，对于我这个毫无爬雪山经验的人来说，简直是举步维艰。每前进一步，都要用拐杖在冰面上扎一扎，探一探，冰盖不结实的地方，就得绕道行走。

卓玛拉雪山，不愧是转山道上的制高点，极目千里，连绵起伏的山峦与山口的经幡隔空呼应，信徒的呼吸与山水的脉动相和，天地之间，千百年的沉寂和欢腾在一瞬间尽皆往复，在佛号的空灵中得到安宁。

近在咫尺的冈仁波齐雪山，亲近得如同慈祥的母亲、深爱的父亲、可亲的兄长。冰清玉洁，终年不化。瞩目良久，生出几分敬畏、喜爱、依恋。正午时分，气温升高，冰雪蒸发，雾气袅袅，微风吹拂，旗云飘飘，在蓝天的衬托下，如梦似幻，仙境一般。

山口下面不远的地方，有一处小型的天葬台，这里几乎没有狗，山石洁净，玉石一般。人为垒砌的石块，层层叠加，形似佛塔。薄薄的积雪纯洁清爽。纤弱的小草，泛着嫩绿的色彩，清雅的绿草间，开着细微的花朵，紫色的、鹅黄的，点缀在石块与积雪之间。更加令人爱怜的是，娇艳欲滴的花瓣上，依附着一小粒、一小片、细细微微的冰碴或雪花。

众多的石头上，套着大大小小、颜色各异的衣服，汗衫、夹克、秋衣、秋裤、男式棉袄、女式藏袍，甚至还有腐朽的羊毛被褥和床单。

有人见我惊惧，便向我介绍，这里就是全西藏最神圣最洁净的天葬台，每一个藏传佛教信徒，都奢望死后能在此天葬，进入天堂。那些衣服，有的是在此天葬者的衣服，有的是转山者脱下来的。朝圣者经过天葬场时脱掉衣服，便等于死亡一次，可以免一次轮回之苦。有的是向往神山，由于各种原因来不了，请亲戚朋友带上自己的衣服，供放在神山上，表示自己也朝拜了神山。有的是逝者没能来此天葬，为了了却遗憾，家人和朋友，带上逝者的衣服，供奉在此，祈祷在下一轮回中，幸福平安。

俯瞰天葬台，没有见到肢解逝者躯体的巨大石头和天葬师，连一只秃鹫和乌鸦也没有见到。或许，那些光滑而不够巨大的石头，就是天葬师肢解逝者的道场。被冰雪滋养和润泽过的青草和小花，陪伴着他们，为他们歌唱，给他们馨香。

后来，再经过天葬台的时候，从各色衣服中间穿过，竟然像走在家乡的小河边、绿荫中，朋友间从容、淡定、平和、宁静。

卓玛拉山口的雪地上，铺天盖地地覆盖着一层经幡，色彩斑斓，清新娇艳。信徒们从藏袍里、背包中，掏出经幡，系在原来的经幡旁边，系在挺拔的石头上。掏出风马旗，念念有词，撒向天空。还有人向天空抛撒糌粑和青稞面。每每有人抛撒风马旗和糌粑时，都引来众人高呼，接着是一阵高过一阵的笑声。如果经幡挡住了去路，人们会双手抬起经幡，弯腰从经幡下面钻过，而不会践踏经幡。

从乱石岗下来，已经是第二天下午。积雪、冰川、冰河经过一整天的阳光照耀，冰雪融化，河水上涨，河面轻烟淡淡，氤氲婉约，河滩青草萋萋，牛羊悠然。拐杖伸进河里探路的时候，冰块与拐杖碰撞得脆响。好长一段回程路，河川就是道路，道路就是河床。为了不被河水冲走，有时在河滩上绕很长一段路，寻找狭窄一些的水面，小心翼翼跨过。河水湍急的地方，找来石头，垫高河床，手拉手，拐杖连拐杖，从河面上一次次飞过。

路上，与一位身着橘红色服装的印度僧人相遇，手舞足蹈，笑声朗朗。我请同行的女孩用英语帮我翻译，问他为什么如此高兴。

他左手平伸，掌心向上，右手指着土地，再指向天空。回答我说，走在神山脚下，就是幸福。上天会赐予一切，无须烦恼。内心感觉幸福，就是快乐。

我们用了两天时间，走完了转山道。回到塔尔钦，彩霞褪去，晚风习习，夜已深沉。

头一天出发时的五个人，只剩下四位，原来住的客栈，已经爆满。我们被告知，次日就是萨嘎达瓦节，投宿者太多，整个塔尔钦镇缺少棉被，连地铺都难找到。我把电话打到阿里地区，费尽九牛二虎之力，凌晨时分，四个人才勉强住下，并分住在三个地方。

一觉醒来，说不出话来，照了镜子，发现嘴唇红肿，歪向一边。原来，在转山路上，同行的女孩说她来事了，请求援助。冰河之上，雪峰之下，哪来的卫生护垫。只好把还没有拆封的白色口罩送给她，解她燃眉之急。一路上，身穿羽绒服，头裹围巾，墨镜护着眼睛，单单没有保护好嘴巴。风吹雪打，吹歪嘴巴，没有吹断筋骨，已经是神灵保佑了。

红肿的歪嘴巴，说不出话来，更能体会到阿里人的不容易。怪不得不管是农区还是牧区，不管是男人还是女人，不管是机关干部，还是学生牧人，总戴着帽子和口罩。如果不全副武装，就会遭罪。

找不到唇膏，寻不来消炎药，向客栈主人求助，她信手抓起一小团黄色酥油，向我嘴边递来，我趔趄着，后退两步。逗得旁边的人哄堂大笑。她把酥油涂抹在自己的嘴唇上，手背上，又在脸上涂抹了一遍。我才明白，酥油不但是藏族人不可或缺的食品、道场佛龛上供奉的圣物，还可以涂抹伤口，保护皮肤。

我长长地吸了一口酥油的味道，没有接受她的好意。

萨嘎达瓦节这一天，也就是藏历四月十五日，恰逢阳历6月15日，我兴奋地参加了这个盛大的节日庆典。

内地人有个说法，五岳归来不看山，黄山归来不看岳。我几乎走遍了五岳和黄山，亲近过众多的名山大川，也到过珠穆朗玛峰大本营，仰望过晴空万里的珠穆朗玛峰。

但冈仁波齐不同于其他山岳。不同之处显而易见，或许就是她浓郁的宗教色彩，又似乎不全是。

是否因为她的太过美妙、太过神奇，太多传说、太多感受？

是否因为那是我迄今为止，徒步走过的海拔最高的地方？

是否因为她有神山的特殊味道？

神山到底有怎样的味道？

意犹未尽，回味无穷，美妙绝伦。

或许，这就是神山冈仁波齐的味道，或许不是。

是与不是，都无所谓，都在自然中，都在高远处，都在圣洁里，都在传说中。

二、只为途中与你相见

世界上没有哪一座山，比神山冈仁波齐更受尊崇。

世界上没有哪一方水，比圣湖玛旁雍错更为传奇。

冈仁波齐，藏语的意思是雪山之宝、雪圣。

神山冈仁波齐，是朝圣者心中的明灯，是万千佛教徒的精神家园。

世界上大多数宗教都有一个共同的特征——朝圣。带着强烈而巨大的心愿，走上一条相对固定、充满神迹启示的圣路。

信徒们坚信，朝圣能洗涤前世今生的罪孽，增添无穷的功德，最终脱出轮回，荣登极乐。围绕冈仁波齐转山，是他们一生中最大的夙愿。

按照当地的习俗，每年的转山活动于藏历四月十五日的萨嘎达瓦节正式开始。开始仪式在神山西面的色雄圣地举行。色雄意思是金盆滩，所以，也叫大金广场。这里有一根高达 24 米的巨型经旗杆，旗杆深埋在地下，周围用牦牛大小的巨石加以固定，旗杆上包裹着经幡、风马旗、牦牛皮，用粗大的牛皮绳从四面八方绷紧，以防雪山强风把它刮倒。

正午时分，神山南侧的江扎寺、西面的曲古寺僧人，来到大旗杆下，举行更换经幡的仪轨。德高望重的高僧发出号令，几十个僧人把大经旗杆缓缓放倒，信徒香客和旅游者一拥而上，争抢换下的旧经幡，装进腰包，带回家乡。接着，人们把崭新的经幡、风马旗、哈达系在旗杆上，在众人的拉拽和欢呼声中，再次竖起。

在此后的一年中，这根高耸的旗杆，色彩斑斓，漂亮美艳，在烈日和寒风中，与神山为伴，接受信徒们的膜拜和仰望。

经旗杆有个奇妙的说法，每年竖起的时候，与其他木柱没有两样，一年以后，旗杆散发出淡淡的香味。其实，按照我的观察和分析，旗杆之所以散发香味，是因为信徒们常年往旗杆上涂抹酥油，抛撒青稞面，供奉糌粑，在旗杆旁边的桑炉里煨桑，桑烟缭绕。

萨噶达瓦节上，我和众人一样，从换下的旧经幡里，撕下三条颜色不同的经幡，卷成一个小卷，放进我的背包里。

开始，我并不知道人们为什么在褪了颜色、消了香魂的经幡堆里寻来找去，挑选自己喜欢的经幡。有的是整块拿走，有的只撕下窄窄的一小条。一位中年藏族妇女见我不解，告诉我说，经旗杆上换下的旧经幡，有祈福保平安的作用。一次可以拿七种颜色不同的经幡，也可以拿三种。挂在家里，风吹转动，相当于诵经，与转经筒的道理相同。也有打成结挂在脖子上，装进贴身口袋里或背包中，祈求吉祥。后来，在农牧结合区，看见许多牦牛、马匹、绵羊、山羊的犄角上、脖子上、尾巴上，挂着色泽亮丽的经幡。心想，这些经幡，大概就是他们的主人，从萨噶达瓦节上拿回去的吧。

欢呼声海浪一般，一浪高过一浪，经旗杆终于在僧人和信徒的齐心协力下高高竖起，中年妇女兴奋地指着旗杆顶端的黄色哈达对我说，那是她从大昭寺请来的八宝哈达，活佛为哈达开过光，加持过。每年，她都从拉萨赶来，参加萨嘎达瓦节，今年运气最好，那么多信徒供奉的哈达、经幡、风马旗、牦牛皮、牦牛绳、酥油、法器、玛尼石，只有她的哈达被包裹在旗杆的最顶端。

妇女说，她已经转过三圈神山了，参加完萨嘎达瓦节就回拉萨，明年这个时候再来。走的时候，她建议我买一些香草回去。我听了她的话，在地摊上花五块钱，买了一小袋香草。拿回家以后，装在瓷罐中，点燃藏香以后，插在香草里。藏香与香草相映成趣，幽香恬淡。所谓香草，其实就是转山道的河滩上随处长着的野草，各种草茎、爬地柏的细小叶片。经旗杆下的煨桑炉里，清香四溢的气息，大概就是这些原料。

盛大的萨嘎达瓦节以后，才进入到真正的转山程序。

神山西面有一座马鞍型的山峰，相传，是格萨尔王留下的马鞍。怀孕的妇女到山顶后，从右边回来生女孩，从左边下来生男孩。

佛教、印度教、古耆那教、苯教，都有围绕象征纯洁与仁慈的冈仁波齐转山，可以洗去罪孽的传说。因此，转山是来自不同地方的朝圣者最常采用的方式。

转山人一般都在转够 13 圈外线之后，再转内线。每逢藏历马年，转山的朝圣者最多。据说佛祖释迦牟尼的生肖属马，马年转山一圈相当于其他年份转山 13 圈，且最为灵验和积长功德。

高峻的雪山，林立的怪石，神秘的冰河，稀薄的氧气，莫测的天气，对每位转山者都是意志和身体的终极考验。在我走过的路中，没有任何一条路能比这条路更艰辛，更充满幸福和向往。没有任何一条路，能记录如此多的传说，如此丰富的现实与历史，信仰与物质的和谐统一。

人文的阿里并不寒冷

　　任怀平，不但在塔尔钦镇很有名气，受人尊敬，在阿里地区，同样被人称颂。赞叹他的同时，会附加一句，很了不起，但我们做不到。

　　见到任怀平的时候，是 2011 年 5 月中旬的一天，他正给午休后的巴桑穿衣服。两岁的男孩巴桑，是几天前来到神山志愿者之家的。他的妈妈未婚先孕，生下他以后，在塔尔钦镇的茶馆里打工，刚刚二十岁的她想结婚，带着儿子不好嫁人，听说任怀平是个善人，就找到了他。

　　任怀平通过派出所和镇上的人，办理了抚养巴桑的手续，正式照看小男孩。

　　五十多岁的任怀平，给两岁的男孩穿衣服，尽管轻手轻脚，还是不得要领。镇上的两个女孩来玩耍，帮巴桑穿好了棉袄毛裤，却找不到袜子。原来袜子被巴桑尿湿了，洗好后放在车上，还没有晾干。

　　看着任怀平黢黑沧桑的脸，不禁为巴桑的未来担忧。

他明白我的疑惑，对我说，十多年前，他就皈依了。第一次到神山旅游，转完神山后，就喜欢上了这个地方。第二年，辞掉了北京航空地勤工作，来到巴嘎乡小学支教，发现光靠支教，解决不了贫困学生的实际困难，就租了这院房子，成立了神山志愿者工作站。利用互联网，招募志愿者募捐物资和善款。他的善举，很快引来喜好旅游和乐善好施的人的关注，国内外响应者无数。

志愿者工作站，因为可以住宿，被称为"志愿者之家"，国内游客，国外驴友，络绎不绝。长途司机给他带来几斤羊肉、两棵白菜。近处的人帮他带巴桑，帮他从河沟拉来饮用水。他的越野车已经破旧不堪，是一个上海志愿者送给他的，后来又跟他要钱，搞得他左右为难。

院子还没有硬化，到处都是砾石，一个大学生志愿者坐在门前的水泥台阶上，教一位十九岁的男孩学英语。男孩已经结婚，父母在镇上开了一家餐馆，为了招揽到更多的外国游客，他就学起了英语。

常年驻守在塔尔钦的志愿者，实际上就任怀平一个人，其他人转完神山，帮他清理一下物资，送到乡下，或教孩子们唱歌学习，几天以后就走了。

2010年11月，他回北京参加一个国际慈善机构举行的野外救助培训班，举办单位还将为他的工作站捐赠。一个年轻人信心十足地让他安心回京，自己看护工作站。

火车还没有到西宁站，有人打来电话，告诉他被援助的一个男孩死了。十岁的男孩搭乘同村人的摩托车，去镇上买东西的时候，从飞驰的摩托车上摔下身亡。男孩的父亲在他很小的时候就去世了，他与母亲相依为命。几年来，生活困难的男孩一家，每月得到工作站100元的救助。

任怀平的父母年岁已高，妻子对他的选择比较支持，孩子已经工作。几年没有回家的他想在家里多待一段时间。刚过几天，年轻人就打来电话，说整个塔尔钦镇冰天雪地，连个说话的人都找不到，只有几条狗陪伴他，不行，他得到有人的地方去，想跟人说话。

任怀平赶紧回到塔尔钦，与往年一样，度过一个寂寞又漫长的冬季。他每日坚持跑步，诵经作早课。孩子们放假以后，他就教孩子认字，说汉语，给他们烙油饼吃，在冰河上，与孩子们一起，滑冰嬉闹。

他曾收养过好几个孩子，管他们吃住，到了上学年龄，就送到阿里地区孔繁森小学读书。他想把巴桑养到能上学的时候，也送去读书，请狮泉河镇的志愿者照顾他。在他有生之年，尽量多出现在巴桑面前。他希望自己百年以后，一部分骨灰撒在玛旁雍错，一部分撒在神山转山道上。在神山脚下做善事，是一个佛教徒修来的福分。

一天中午，我在伊利餐馆吃饭，任怀平抱着巴桑在餐馆前晒太阳。一位身穿藏袍、头戴粉红色围巾和暗色口罩的女子，欢喜地抱起巴桑，额头顶额头，亲个不停。餐馆老板雷新成说，那是巴桑的妈妈，想儿子了，来看他。

雷新成说，阿里这个地方，生下孩子，自己不养的人多得是。有的人，活了几十岁，都不知道自己的父亲是谁。但有的人家，兄弟姐妹十几个，互相帮助，其乐融融。阿里这个地方，好多事都无法理解。

一个月以后，再次见到任怀平的时候，立在院子外面的志愿者之家的牌子不见了。他说，国家不允许个人设立慈善机构，已经在神山志愿者之家的网站上发出通告，暂时停止捐款捐物，等办理好手续以后，再开展工作。

巴桑也被他的妈妈领走，原因是有人指责她自己不养孩子，让五十多岁的任怀平养她的孩子，有些说不过去。

阿里孩子，跟许多西藏人一样，特别向往内地生活，希望到内地读书，开阔视野，学到新知识。在狮泉河畔的河堤上，曾看见几个歪歪扭扭的毛笔字：我要比她早考到内地学校。

我流连忘返，不断地想象着写字少年内心的不安、倔强和奋进。

生平第一张结婚证

黄永洲和他的第二任妻子景秀辉在阿里过着富足而快乐的生活，两人相亲相爱，幸福之情溢于言表。

景秀辉长了一张银盘大脸，标准的旺夫相。十多年如一日，随身背着两人的结婚证，来往于内地与阿里之间。

黄永洲说，衣食无忧的现在，梦里全是童年时光。

黄永洲的记忆是从四岁开始的。

那个时候，他与妈妈和弟弟生活在荣昌县下湾村。父亲远在阿坝州壤塘县林业系统工作。父亲在春节的时候回了一趟家，他才记住了父亲的样子，随之，也就有了一个妹妹。

终于到了上学的年龄，他快乐得又蹦又跳，每日早早起床，背上书包，飞奔在田野上。但随着父母离异，他的学生时代戛然而止。

小学二年级只上了三天，他就永远告别了学校。对此，黄永洲念念不忘。

舅舅把他和弟弟送到成都火车站就走了。八岁的黄永洲牵着五岁的弟弟，游走在成都的大街小巷，终于找到了父亲单位驻成都办事处。由于父亲单位远离县城，兄弟两人无学可上。第二年插秧的时候，父亲把他和弟弟送回老家，却没有见到母亲，母亲去了一个有着奇怪名字的地方，那个名字叫阿克苏。

从此，父亲和母亲有了各自的家庭，兄妹三人成了无家可归的孩子。好心的叔叔收留了他和弟弟，妹妹跟外婆住在一起。

从叔叔家到煤场有 10 公里，第一次挑煤，黄永洲就挑了 40 斤。市面价是 0.85 元 100 斤，一担煤，可以赚到 0.3 元，能买两个馒头。

他的挑煤卖煤生涯一直持续到 1982 年。这一年，他十七岁。他个头不高，大概就是长期肩挑背扛所致。

之所以离开叔叔，到陌生的阿克苏投奔母亲，是叔叔早到了成家年龄，因为抚养他和弟弟，耽搁了姻缘，他不能再拖累叔叔了。

他在阿克苏阿瓦提县农场种了三年棉花，弟弟也随后而来，妹妹还是跟着外婆生活。

二十岁的黄永洲不想种地了，他想开餐馆，便跟师傅学川菜，学了一个月零三天，师傅不教他了，说再教就得你教我了。

黄永洲从小做得一手好饭菜，洗衣服缝被子，喂猪种菜养鸡养鹅，也是一把好手。他的朴实能干赢得了一位姑娘的芳心，儿子很快出生，却一直没有领结婚证。

一个亲戚介绍他到南京一家饭店工作，他觉得南京人对川菜兴趣不大，就来到了阿里。这一年是 1988 年，他二十三岁。

他在狮泉河镇开了一家餐馆，生意逐渐红火，妻子随他来到阿里，孩子留在阿克苏，跟奶奶一起生活。

1996年夏季的一天，他从日土县回狮泉河镇，车在途中陷进沙地，耽搁了很长时间。回到家的时候，已经是凌晨时分，妻子在里面将家门反锁。又一天夜里，黄永洲的一只耳朵被砍，半截耳轮没有完全掉下来，风铃一般摇晃在空中。妻子和那个男人连夜离去，再也没有出现在阿里高原。

他被老乡送到私人诊所，希望把耳朵缝起来，医生一剪子剪掉了欲掉不能的半个耳轮，但使出浑身解数，也没有止住流血。

老乡只好把他送到阿里军分区医务所，找来另一位老乡照顾黄永洲，便忙自己的事去了。来帮忙的老乡，就是来阿里不到20天的景秀辉。

景秀辉被黄永洲血流不止的耳朵吓得目瞪口呆，待她回过神来，眼泪一下子就流了出来。黄永洲在医院待了四天就出院了，原因是支付不起700元的住院费。

由于消炎不彻底，出院以后，还滴滴答答流了好长时间血水。那段时间，黄永洲对耳朵充满了怀疑，他觉得那不是一只普通的耳朵，而是一个"自来血龙头"。

景秀辉为什么在黄永洲需要关照的时候，离开阿里，翻山越岭去喀什？这也得从景秀辉的少年时代说起。

十三岁的景秀辉与父亲赌气，随老乡从四川绵阳到了阿克苏。在一家工厂织地毯，每月挣30元工资，给父母寄20元补贴家用。景秀辉天生丽质，引来众多男子青睐，一位英俊能干的男子与她生活在一起，并生育了两个孩子。同样，他们也没有领结婚证。

或许户口都在内地的原因，或许不知道在哪里领取结婚证，总之，边疆地区未婚先孕的情况比较普遍。

景秀辉的婚姻很快亮起了红灯，好强能干的她领着两个孩子来到喀什，她四处挣钱，养家糊口。为了挣到更多的钱，从新藏公路来到阿里，在阿里还没有找到工作，就碰上了那只流血不止的耳朵。

黄永洲连发三份电报，把景秀辉召唤到了阿里。景秀辉回来了。

这一次，她不是奔着钱来的，而是奔着人来的，这个人，就是黄永洲。

两人于 1997 年 1 月 24 日，领取了生平第一张结婚证书。

雪山下是印度羊

离开狮泉河镇越远，越显得空旷荒凉，近处的山峦呈红褐色，一峰连一峰，在晨光的映照下愈加伟岸。从山峦与山峦中间的垭口，隐约可见远处的雪山，山山相依，绵延不断。无论远处的雪山，还是近处的石头山，不见一株草，没有一棵树。公路边的缓坡地带，有河谷，却无水，生长着若有若无、浅浅薄薄的矮草，草尖上顶着小小的盐碱粒儿。

草跟人一样，同样是草，江南的草妖娆妩媚，婉约华美。高原的草耿直如剑，带着刺儿，强硬刚毅，绿中泛着黑褐色，直指长空，藏族汉子一般。

汽车在大山深处前行，单调荒凉的气息笼罩着整个大地和车中的我们。仿佛面对一张看厌了的老脸，无言，却要面对。

漫漫长路，寂静无声，莫名的孤独，无端的恐惧。

同车的张宇是陕西宝鸡人。宝鸡的山川，尽管不都是绿树成荫，碧水长流，倒也鸟语花香，四季分明。从文化气息浓郁的西周发祥地到人烟稀少的阿里边疆，内心会有怎样的变化？

我没话找话地问张宇，从山清水秀的宝鸡到噶尔，适应吗？

他说，下班后经常开车到这里，天快黑的时候再开回去，已经喜欢上噶尔了。

这让我想起一位援藏干部的话。孤独的人不能总是面对孤独的人，为了减少孤独，几乎每个周末，都开上车，到离狮泉河镇八公里处，停下车，撒泡尿，再开上车回去。

一只藏野驴在不远的地方吃草，两只藏野驴在一旁散步，更多的藏野驴毫无章法，从一个地方向另一个地方奔跑。奔跑一阵，停下来，继续奔跑。

张宇说，看哪，我们噶尔生态环境多好，到处都是野驴。

我说，整个藏北地区都有藏野驴哩。

张宇说，还是噶尔野生动物最多，棕熊、藏羚羊、野马、野牦牛、盘羊、獐子、黑颈鹤、狼、狐狸、秃鹫、棕头鸥、藏雪鸡、旱獭、野鼠等，咱们这里是羌塘自然保护区的一部分，保护区有的，噶尔都有。羌塘还有三不三肥之说：棕鬃野牛力大不能驮，白嘴野驴能跑不能骑，白肩棕熊膘肥不能吃；秋季草黄羚羊肥，湖泊封冻岩羊肥，春风吹来野驴肥。

自知说不过张宇，便不接话茬，目不转睛地看奔驰的藏野驴、攀爬的黄羊、飞翔的秃鹫。

离开公路以后，进入一片戈壁滩，正午时分，太阳炽热，不知从什么地方，跑来几条牧羊犬，追着汽车飞跑。一条三只腿的狗也不甘示弱，一瘸一拐，奔腾不息，狂吠不止。

伸长脖子眺望，戈壁尽头，真有几顶低矮的帐篷，和帐篷上飘拂的淡淡炊烟。

走出戈壁滩，最先看到的是悠闲的藏野驴和军马，然后，才看见肥美的草滩和粼粼波光，湖水清幽碧蓝，宝石一般。绕湖边转了一个弯，才看见高高的岩石上，用红、黄两种颜料绘制的两面旗帜，一面是五星红旗，另一面是八一军旗。

湖边，有一株一人多高的班公柳，枝叶纤细，向上生长，和内地柳枝低垂、杨柳依依相比，判若天地。战士们把捡来的石子涂上艳丽的色彩，铺砌成小径，弯弯曲曲，刚好绕柳树一周。柳树旁，立着大大小小的石头，也被染上颜色，写上铸军魂、守国土、扎西德勒等字样。有的石头上绘有牦牛头、熊猫、申奥标志等图案。

我在一幅石头画前伫立良久，心酸不已。画面上有一轮黄色月牙儿，三枝绿色垂柳，下面是三个黑色人影，中间一位举起右手食指，似乎在讲着什么。

大漠戈壁之中，荒山野岭边地，一湖碧水，一株班公柳，一个哨所，冬日冰雪，夏季烈日。天天如此，年年不变。一位排长对我说，他在这里工作十多年了。

垂柳、明月、讲故事的人，是哨所的战士，还是万里之外的亲人？是梦中的景象，还是想象的画面？

张宇和部队领导进到一间房子，展开一张放大的地图，聚首中说着什么。我随一名战士走到湖边，去看他们的蔬菜温棚。

温棚内有娇嫩的小叶青菜、核桃般大小的水萝卜、茂盛的青椒、微红的西红柿。每样菜都排列得整整齐齐，一沟一垄，规范有序。

我问战士，蔬菜温棚是不是跟内地菜农种菜一样，由某几个人承包？

他说，每个战士都喜欢种菜，谁都喜欢绿色。

望着战士黢黑的脸庞、干裂的嘴唇，想跟他说起关于绿色的话题，欲言又止。

一位战士指着他们的蔬菜温棚对我说，远离故土，家人生病，回不了家。与女朋友聚少离多，最终分手。高寒缺氧，身心疲惫。孤独压抑，欲哭无泪。走进蔬菜温棚，温暖如春，看到绿色，顿时轻松。

在阿里，蔬菜温棚已经不是一般意义上的种植蔬菜，只解决人们吃菜难的问题，而是生命和希望的象征，与心理医生有着同工异曲之妙。

眼前的战士在无奈和苦闷的时候，一定也进到温棚，用眼泪浇灌过绿色，从绿色中获得愉悦。

碧波荡漾，一湖清水。湖畔的一个山头上，耸立着一个岗楼似的建筑。

战士说，那就是咱们的哨所。

我问他，哨兵是不是能看见我们？

战士说，当然能看见，主要观察印度那边的动静。

然后，指着湖对面的雪山说，那里就是印度。看起来风平浪静，关键时候，要和印度军人面对面，对峙、喊话、据理力争，是经常的事。

我说，噢，原来是暗潮涌动啊。

战士笑了笑，嘴角有一丝血色。

他领我到靠山的一块木板前，揭开木板，是一潭清水，泉水汩汩，清澈见底。伸进铝盆舀起一些水，低头就喝，甘甜清凉。

泉水流向湖面的地方，有浅浅的细草、黄色的小花，花儿指甲盖般大小，娇艳得让人舍不得离去。

一首歌像飞鸟一样，从不知名的地方滑翔而来，边疆的泉水清又纯，边疆的歌儿暖人心。

从边防哨所到边防营，途经更加广阔的戈壁滩，远处的雪山连绵不断。司机说，雪山那边就是印度，雪山下的那群羊，就是印度牧民的羊群。

大伙努力去看，也没有看清印度羊和中国羊的区别。

张宇说，当兵就要在阿里当，天下哪有比阿里更壮美的地方，人人都说林芝是西藏的江南，我认为阿里比林芝好，就是氧气少一点。

我大笑不止，氧气可不是小事，就是因为缺氧，坐在车上还喘粗气，笑了第一声，还不知道第二声能不能笑出来。

灾难如魔鬼

阿里高原，大部分是农牧民，牧业成分更高一些。牲畜饲草，与粮食一般重要，现实却是，春瘦、夏壮、秋肥、冬死。七月草绿，八月草黄，九月下雪。

雪灾、旱灾、风灾、冰雹、霜冻、虫害等，自然灾害，如影相随。

1976 年，措勤县遭受特大风灾，大风袭击了县城内房子上的铁皮及 30 间左右土房子。被大风袭击后的牲畜完全不能归圈，帐篷被大风刮得所剩无几，号称高原之宝的牦牛也被大风吞掉100 头左右。两群绵羊和山羊共 2000 只，被大风刮到大湖中致死。十级左右的狂风卷起沙石，带着盐湖的硝末，染白了草原，染白了帐篷和羊圈，不生红柳的夏东公社，到处都是柳枝，平整的耕地，变成了荒丘，成堆的肥料一扫而光，就连根深蒂固的嵩草，也拔地而起。

当地人对那年的风沙依然刻骨铭心。说那时候风沙非常大，两米高的房顶上，沙子呼呼地飞过。起风的第二天，房门都打不开，沙子堆得像墙一样高。

噶尔县境内的道路每年需要雇用推土机推沙两次。一年到头都是扬沙天，沙子常常堆至窗台高，人们出远门回家，第一件事不是打水洗漱，而是在家门外除沙。

阿里地区气候干燥，人口稀少，野驴、鼠、兔、旱獭等野生动物繁衍生殖较快，与高原毛虫一并危害草场，形成兽、虫灾害，并引发许多人畜共患疾病。

风雪冰雹，旱涝虫害，构成了阿里高原恶劣的自然环境。这些灾害，魔鬼一般高悬在老百姓的头顶，时时提防，却防不胜防。这些还不是阿里高原的全部杀手，还有一个美丽的杀手，名叫醉马草，学名叫冰川棘豆。

醉马草，早于其他牧草长出地面，鲜嫩清香，毒性极强，牲畜非常喜欢啃食。少食则无害，一旦多食，如醉酒一样步履蹒跚，直至死亡。科研人员和牧民使出浑身解数，也没有扼制住醉马草的生长。

长期以来，阿里高原很少有水草丰美、牛肥马壮的景象，草场广阔而贫瘠。原本可以增加草场肥力的牛羊粪，被农牧民当做主要燃料。农牧民心中，牛羊粪比粮食还重要。

边境贸易旺季，远方的牧人赶着牛羊来交换青稞、毛毯、盐巴等生活必需品，为了抢拾牛羊粪，孩子们背上筐子，跟着牛群。阿里人说的牛，指的是牦牛。

你盯几头，我跟几头，牦牛尾巴一翘，孩子们就大声抢先声明，嘿，那是我的牛，是我的牛粪，你们快走开。牛粪一落地，便伸手得意地装进自己的筐里。就这样，追一头，拾一堆，装满筐子，高兴而归。无劳力的农家，燃料紧缺的时候，手拿钢针，一粒一粒，扎拾羊粪。

牧区，牛羊粪还起到报平安的作用。牧民常常一家一户，居住分散，亲戚邻居之间，远远看见这家人的帐篷冒着炊烟，说明这家人生活正常。如果几天不见帐篷冒烟，说明这家人已经被冻死、饿死，或被野狼吃掉。

好不容易养肥了牛羊，一场暴风雪，一场旱灾，连牲畜带人，全部毁灭，回归自然。脆弱的草场，养育着脆弱的生灵。生命在灾难面前，细微得如一缕清风。

科迦村的金色花朵

　　翁树文和尼玛次仁在喜马拉雅山间放牧，他们放了牦牛、犏牛、绵羊、山羊。把几种牲畜混合在一起放，而不像传统的藏族人，一个人放牦牛，另一个人放绵羊，第三个人放山羊。因为他们放的不是自家的牲畜，而是邻居家的。这几天蔬菜大棚和青稞地不需要浇水施肥，他们就帮人家放牧。

　　清澈、宁静的孔雀河从西北向东南流去，东南一带为连绵不断的雪山，山的那一边就是尼泊尔。尼玛次仁指着巍峨的雪山，重复着一句藏语，翁树文跟着学，刚学会，一会儿又忘记了。两人在青草萋萋的河滩上说笑着。该吃饭了，尼玛次仁从藏袍里掏出糌粑，递给翁树文，翁树文希望糌粑里掺有白糖，却没有香甜的味道，他才吃了不多几口，就没有了。尼玛次仁看着翁树文沮丧的样子，在吃掉最后一小撮糌粑之后，扮着鬼脸，望着他笑，并用汉语告诉他，科迦村的日子比白糖还甜。

　　晚上九点以后，太阳还挂在喜马拉雅山上，夕阳像华盖一般，映衬得雪山温煦美艳。两人赶着牛羊向科迦村走去，不由自主地

207

仰望恢宏的雪山，欣赏河中的游鱼。还没有进村，尼玛次仁就跑到科迦寺去了，他要到这座千年寺庙里诵经祈福，翁树文对寺庙的事不感兴趣，只是见过寺庙里供奉的文殊菩萨和寺庙一样古旧。

翁树文独自赶着牛羊回到村里，把绵羊、山羊赶回羊圈，把牦牛、犏牛赶到另一个圈里。羊圈的围墙低矮一些，泥土垒砌。牦牛、犏牛的围墙则高一些，多是石头堆砌，更加结实。

女主人开始挤羊奶、牛奶。挤羊奶的时候，用长长的牦牛绳把羊犄角拴起来，羊们面对面，屁股朝外，一字排开，乖孩子一般，接受女主人挤奶。挤牛奶稍微费事一点，把牛缰绳拴在柱子上，让小牛先吮吸几口奶，奶水喷薄欲出，或利剑一般从四个奶头射出来的时候，精明的女主人把小牛生拉硬拽到一边，双手交替，挤出奶水。如果没有给牛拴缰绳，挤奶的时候，用绳子拴住两个前腿，同样可以挤奶。

女主人在羊圈、牛圈里忙乎，男主人请他们进屋，炒白菜已经端上了彩绘桌子，米饭是高压锅做的，翁树文像饿极了的流浪汉，狼吞虎咽起来。他内心里对邻居非常感激，知道他自己不习惯吃糌粑、藏面和奶酪，所以邻居请他和尼玛次仁吃饭的时候，总是做米饭、炒菜。当然，尼玛次仁汉餐、藏餐通吃，他曾经在内地学习过很长时间。

盛第二碗饭的时候，翁树文东张西望起来。

主人知道他的意思，藏语夹杂着汉字，比比画画。翁树文终于明白过来，他们不喜欢吃豆角，也不知道怎样才能把豆角煮熟，如果不是翁树文来科迦村培育蔬菜，他们一辈子都不知道豆角是干什么用的，更不用说吃豆角了。

翁树文放下碗筷，跑到他和尼玛次仁借住的房屋跟前，抓起一把豆角就走，他要亲自给邻居爆炒一盘豆角，教邻居怎样炒豆角、吃豆角，告诉他们吃青菜的好处，让他们知道有一样东西叫维生素。

豆角很快炒熟了，尼玛次仁也回来了，但对他的手艺不怎么认可，这令他有些失落。

清晨，放牧走的时候，他专门到温棚里采摘了西红柿、黄瓜、豆角，放在门前，希望邻居们拿回去当菜吃。像前几天一样，西红柿、黄瓜一个都不剩，豆角却像人老珠黄的女人，委靡在原来的地方，无人问津。尼玛次仁对他说，邻居们拿走西红柿和黄瓜，也是生着吃，没有谁像内地人一样，放上作料，在锅里炒着吃，炖着吃。

翁树文说，那咱们再教他们炒菜，教他们怎样吃蔬菜，帮他们改变饮食习惯。

尼玛次仁大笑起来，学着翁树文的口气，一字一顿地说，咱们在这里培育青稞，栽种蔬菜，把青稞和蔬菜送给他们，还教他们怎么吃，你是黄继光啊。

翁树文笑着纠正他，不是黄继光，是雷锋。

尼玛次仁说，你们汉语太复杂了，乱七八糟的，真难学。

从此，翁树文和尼玛次仁又多了一个身份。以前，他是河北省第三批援助阿里农牧局的技术干部，来普兰县科迦村搞农业科技培育工作。尼玛次仁是阿里地区农牧局的技术干部，兼任翁树文的藏语翻译，他们来科迦村已经两个年头了。

来科迦村以前，翁树文已经在阿里地区狮泉河镇创下了一个纪录，阿里冬季可以生产蔬菜了。

在这个壮举实现以前，全阿里人，包括阿里地区领导、农牧局领导，没有谁相信这件事是真实的。土生土长的阿里人不吃蔬菜，是因为阿里自古以来就不产蔬菜。糌粑、酥油茶、奶酪、羊肉是主要食物，他们认为人吃蔬菜就像羊吃草。20 世纪 50 年代以后，外地人陆续来到阿里，吃菜逐渐成为一种时尚，富人吃菜，穷人吃肉。人们从内地探亲回来，大包小包装的全是菜，干豇豆、干茄子、腌菜、辣子酱等。夏季的时候，新藏公路正常运输，长途汽车司机从新疆喀什、叶城带来绿色蔬菜，车还没有停稳，就被团团围住，一抢而空。

1992 年秋天，探险家余纯顺独自一人，徒步从新疆南部翻越喀喇昆仑山，挺进阿里途中，上百里的无人区非常凶险，狼群出没，高寒缺氧，几次让他险些冻死、饿死、累死。幸亏被边防军人、牧民、道班工人搭救，终于到达狮泉河镇，体重从 170 斤降到 130 斤。一位年轻军人同情他，送给他一听罐头，他爱惜得抚弄良久，发现罐头上的出厂日期，比这位军人的年龄还大。

1998 年，窦卫东第一次到阿里，看见一尺多长的一根萝卜，卖到 36 元钱，吓得他吃饭的时候不好意思夹菜。

1999 年，郭玉普在札达县当副县长的时候，一棵白菜卖到 38 元，一斤白菜 20 元，还常常买不到。作家张辛欣考察古格王国的时候，郭玉普发挥了副县长最大的特权，也没有拿得出手的东西款待这位漂亮的女作家，只好让县政府的厨师包了一顿芹菜羊肉馅饺子，芹菜是郭玉普自己种的，也只是一小把。为了能使客人吃饱肚子，连芹菜的黄叶子和根须都包了进去，厨师没有包饺子的经验，一不小心，把盐放多了。事后，远在美国的张辛欣，回忆西藏的时候，总是忘不了那顿咸得掉牙的饺子。

那个时候，札达县城仅有的一小片蔬菜是部队栽种的，为了看护好白菜和蒜苗，战士们住在菜棚里，日夜守护着稀缺的蔬菜。尽管如此，还是有人半夜偷盗，因为偷菜的事，还动过刀子，发生过流血事件。

阿里和拉萨一样，把蔬菜当做最好的礼物，送给朋友、亲人。谁家结婚、生子、职位升迁、子女到内地上学，送上几个青辣椒、一把青豆角、两个红苹果，主人会欣喜很长时间。蔬菜也成为拉关系走后门最灵验的敲门砖。

为了吃上新鲜蔬菜，人们千方百计跟长途汽车司机套近乎，赔上笑脸，说尽好话，请司机捎带几斤青椒黄瓜、茄子豆角，不惜多给司机一些菜钱。司机走了一天又一天，主人等得心焦，到后来，每天晚饭以后，有意无意到司机家门口转悠，窥探司机是不是已经回来了。忽然某一天，哭声响起，纸钱飘零，司机已经翻车死亡。

按照阿里人的说法，阿里军人吃饭穿衣不发愁，后勤保障比较到位。但阿里军人常年吃罐头、海带、粉条。一车海带、粉条，可以吃几年。即使土豆、萝卜、白菜这高原三大菜，也只能在夏季吃到，吃得战士看见罐头就想吐。一位军官告诉我，每次从新疆叶城向阿里边防连送菜的时候，都要多送一些，长途运输，蔬菜容易腐烂变质，损耗太大。

蔬菜，成为阿里人心中的一块伤疤，成为阿里历届领导心中想，但又解决不了的民生问题。

所以，当翁树文于 2001 年 6 月从河北省徐水县援藏到阿里农牧局，提出要在狮泉河镇培育蔬菜的时候，所有人都瞪大了眼睛，当他们缓缓合上大张的嘴巴时，不约而同地发出了同一个声音，好，好。

也有援藏干部为他捏一把汗，阿里自从有人类以来，就没有在冬季生长过青草，更不用说蔬菜。

翁树文愣是通过各种细心调研，在滴水成冰的春节期间，让阿里人终于吃上了本地生产的蔬菜，这是众多阿里人，在这个寒冷的冬天收到的最好的礼物。人们见到他的时候，握住他的手不放，向他表示祝贺和感谢。有人捧着顶花带刺的黄瓜和水灵灵的芹菜，泪光闪烁；有人买来所有品种的蔬菜，挑出品相最好、样子最喜庆的一根空心菜、一根黄瓜、一根芹菜……点燃藏香，供奉在佛祖和毛主席像前。

有人向邮政局奔跑，给内地的亲人打电话，第一句就是，我们吃上新鲜的茄子、黄瓜啦。电话打不通，就发电报，其他文字精简再精简，斟酌再斟酌，黄瓜、芹菜、空心菜这几个字，坚决要写全的，并站在熟悉的电报员身边，监督着人家，不让出现一个错别字。电报发出以后，乐呵呵地走出邮政局，走在街上，认识不认识的人，都想上前拥抱，打声招呼。

后记　在北方的寒风中追溯

阿里是那样遥远，恍惚是 20 世纪的年华。在色彩缤纷的都市谈论荒漠戈壁的阿里，是多么不合时宜。

阿里并不遥远，阿里就在我的身体里，只是被我生生地打压着，有意无意地回避着。现在，她像冰瀑布一样，逶迤而来。雪崩一样，肆意飞扬。神山圣湖的灵气一样，扑面而来。情人一样，刚刚离开，就开始思念。

那位十一岁才放下牧鞭，走进课堂，从一个活泼少年成长为阿里地区地方官员的藏族汉子高巴松，亲和又风度翩翩，汉语修辞极其规范，讲起政策头头是道。从松柏参天的中共中央党校，回到雪域高原阿里，内心会有怎样的变化？

那位额头上有块疤痕的洛桑山丹，在他当活佛和英雄的日子里，一定有许多传奇。

扎西措姆是一位女县长，为了动员孩子上学，一次次进入牧区，走进帐篷，与牧民打着游击战。她对藏北生态环境的自信，令我吃惊。更加奇妙的是，她竟然是小洛桑的姐姐。小洛桑是我第一次进藏时的旅伴，他教会我一首至今难以忘怀的歌曲。八年来，我一直在寻找他。

噶一，是藏北改则县察布乡人，1995年担任牛嘎修村党支部书记以前，家里有400多只羊和100多头牦牛，属于村里的富裕户。现在已经成为绝畜户，老伴去世，大女儿出嫁又离婚，留下两个未成年的孩子。二女儿因患肺结核，一年四季被关在黑暗的小屋子里。小女儿患妇科病，不能劳动。祖孙三代靠噶一一年7000元的工资生活。如今，他们的生活改善了吗？

令我难忘的还有孔繁森小学的那位女教师，多么漂亮开朗啊。她指着身旁两位军官笑呵呵地说，我有两个新郎官哩。此时此刻，她还是那样开心吗？她怀孕了吗？多么希望她怀孕，又希望她没有怀孕。

赤烈塔尔沁，是土生土长的阿里人，退休后生活在拉萨。在垂柳依依、苹果花香的宗角禄康公园，我们喝着酥油茶，吃着藏面，说着羊圈的温暖和繁星的美丽，说着小儿子因为雪灾冻伤脚趾的心事。然后，他笑呵呵地说，我现在幸福得不得了，国家对西藏的支持和帮助，是千百年来西藏人民修得的福气，这些福祉我们全都享受到了。

出现在阿里高原的第一位汉族女性，踏着进藏英雄先遣连的足迹，成功翻越昆仑山，抵达冈底斯山下的荒原。一路上经历了什么？是什么样的信念和毅力支撑着她走过千里风雪路的？她那一对儿女的命运究竟如何？

那位叫王惠生的老西藏，为了改良阿里羊的品种，用什么办法把五只活蹦乱跳的鲁西南小尾寒羊，从北京运到万里之外的狮泉河镇的？那封在邮路上走了一年零七天的书信，是否跟人一样，翻过雪山，爬过冰达坂？

缺氧是高原上最强悍恶毒的杀手，大人不但缺氧，婴儿在母腹中同样缺氧。因为高寒缺氧，生活和工作在阿里高原上的干部职工、军人、打工者，长期不敢生育，即使怀孕，也不敢在阿里生产。我在狮泉河镇的数日里，只见过两个汉族小孩。大部分孩子在内地或低海拔地区生活学习，与父母长期分居两地或三地。

一位领导对我说，阿里地区近三年来，因为高原病、车祸等原因，有54名干部职工非正常死亡，其中县处级以上18人。整个阿里地区没有血库，小小的急救室，隔几天就会换一张新面孔，他们最终去了哪里？

那位舞蹈学院毕业、跷着兰花指、在冰河里翻洗牛肠子的年轻军人，是否还在追赶满天的乌鸦？下次见面的时候，不会再把黑洞洞的枪口对准我吧？

拥有满满一柜子裙装，在阿里的八年时间里，一次都没有穿过裙子的女兵，是否又在镜前试穿那条紫色连衣裙。

在不需要抬头就能看清邻国哨所的边防哨卡，那位看见我发呆、巡逻时遭遇外国军人还不卑不亢的十六岁战士，往后的日子里，见到城镇和树木了吗？

十九岁的那位战士复员了吗？他曾对我说，感谢你阿姨，你是我半年来见到的第二个陌生人，是我当兵两年来见到的第一个女人。

　　我为有西藏的经历心存感激。八年间，我先后五次进藏，三次抵达阿里，凶险和新奇同在，使我更加理解藏族人为什么重生轻死。生的艰难，死的容易，是每个西藏人的经历。

　　在藏北无人区，因为汽车陷进冰雪融化的河水里，两辆汽车互相牵引拖拽，好不容易上了岸，钢板又断了。凌晨一点，冰雹雨雪突降，雷鸣闪电，荒原辽阔得毫无道理，鬼魅得无处躲藏。同伴屏气敛息，我则无忧无虑，看着狼的绿眼睛由近及远。漫漫长夜以后，我被告知，如果雷电击中汽车，引爆燃烧，归宿就是火葬。从此以后，每遇雷鸣闪电，双肩就条件反射般抽搐。

　　在金沙江、澜沧江、怒江三江并流的横断山区，凌晨两点，我在网吧写稿，拳头、藏刀、香烟、吐沫星子在我头顶飞来飞去，叫骂声声，寒光闪闪。

　　神山冈仁波齐脚下，凌晨三点，雪粒打得手、脸、屁股生疼。冷风利剑一般，把四肢刮穿成透明体。为了不被冻坏，快速方便完毕，跟人争抢避风的座位。一路上，紧紧抱住用哈达包裹住的笔记本电脑，防止再次颠坏。让我叫他老公的同路人，是否还在透析，真的会死吗？

　　凌晨四点，堆龙德庆县医院院长带着一位医生，进到我的房间，给我吸氧服药，将我从死亡线上拽到鲜亮的人世间。

　　西藏赐福与我，我不能愧对西藏。关照和呵护更多生命是我的担当和责任。于是，我在北方的寒风中开始了追溯和考问。

　　我竟奇迹般地不拒绝地铁和公共汽车。在此以前，对这种人满为患的交通工具我总是不适应。这是我几年来在青藏高原养成的习惯。在地铁和公共汽车上，我竟然像一只勤劳的百灵鸟，旁若无人地放声歌唱，歌声随采访内容不同而变幻莫测，时而激情飞扬，时而婉转忧伤。

一次，晚上九点才等到要采访的学者，他的茶几上放着一小袋牛皮糖。我饿得实在忍不住了，只好对他说，不好意思，我想吃一块牛皮糖。结果，我把整袋牛皮糖全吃了，还喝到了一杯麦片。这才坐直身体，思维顿时敏捷起来。原来，这是我一天中吃到的唯一食品。回鲁迅文学院的时候，地铁在换线途中停运，一个人走在幽长又寂寥的地下通道中，想起阿里的旷野无人、皑皑雪山，内心是那样充实幸福、温暖祥和。

在内地，人际关系和政治前途，重于一切的繁复人间，与阿里的单纯、简洁、透明、豪爽完全不同。这种不同有什么原因呢？这不是一个特例，而是整个西藏与内地的不同。

在北方的冬日里，我总是形单影只。刚刚洗过的头发，三分钟就冻成一条条的细冰棍，叮当作响地敲打着肩膀和后背。耳环在晨风的摇摆中，滴着鲜血。接打一会儿电话，手就冻得麻木僵硬。

在避暑山庄高大的门楼前踟蹰，在冰湖上吟唱。叱咤风云的帝王将相，名垂青史的历史人物，都已是过眼烟云。我一个平常女子，又能如何？注定成为不了伟大的人，但也不能停止前进的脚步。因为，我背靠着一座山，那座山，叫喜马拉雅山。血液中奔涌着一条河流，那条河，叫狮泉河。心中珍藏着一个名字，圣洁而璀璨，那个名字叫阿里。

她们给了我坦荡和温情，还有玫瑰和爱情般的诱惑。去往那里，那里有伟大的灵魂、高贵的精神、快乐的家园。

我像一根晶亮的银线，把散落在茫茫人海、千万里之外，与阿里有关的学者、专家、老西藏、援藏工作者、军人等，串联起来。几乎所有梦回阿里、有阿里情结的人，对我都热情友善。就像一刻也没有离开过阿里一样，对生、对死、对万物生灵，充满了豁达、敬畏和参透。对那一片神奇的土地，给予了亲人般的忠告、建议和加持。他们给了我最美好的祝愿，希望通过我的文字，让更多的人了解阿里、支持阿里。

我能担当得起这份荣耀和信任吗？

我把焦虑告诉给一位评论家，便有了以下对话。

阿里是世界屋脊上的屋脊，地球第三极，平均海拔 4500 米，属于生命禁区，面积相当于两个陕西省那么大，人口 9 万人左右，生活和工作在那里的人常常遭受暴风雪袭击。

既然是生命禁区，为什么不把人迁移到适合人生存的地方？

那里是中国、印度、尼泊尔、克什米尔地区交界的地方，地处西亚和南亚之间，有的地方属于争议区，政治、军事位置非常重要。

驻守一些军人就行了，为什么还要居住老百姓呢？

我理解他的观点，但事实远没有这么简单。

鲁迅文学院院长白描先生提醒我，写西藏，不能只抓一把故事，要有社会人类学家的眼光和审视，要有自己的观察和思考。与阿里有着千丝万缕联系的作家毕淑敏和马丽华，鼓励我不但要写出阿里人的生存状态，还要写出阿里人的精神情怀。

有人对我说，毕淑敏眼中的阿里是 30 年前的阿里，马丽华眼中的阿里是 20 年前的阿里，希望你写出当下的阿里、孔繁森之后的阿里。

我不知道能否写得出令读者满意的阿里、令自己不汗颜的作品，那毕竟是地球上一块特殊的地域。

只有一个想法，那就是把自己融进去，跟他们一起工作、一起生活，倾听他们的心声、感受他们的喜怒哀乐。虽然我永远成不了阿里人，但真诚是最宝贵的。

2011 年春天，我再次离开草长莺飞的家乡，万里迢迢，翻越青藏高原，抵达阿里。尽管喜马拉雅山、冈底斯山、昆仑山、喀喇昆仑山，还被冰雪覆盖；狮泉河、马泉河、象泉河、孔雀河上的结冰，还没有完全融化。

但我依然地、义无反顾地，去往那里。去往雪域阿里，去往佛祖的殿堂。

感谢阿里地委宣传部、阿里军分区、尼玛次仁、李卫宁、窦卫东为此书提供的精美照片。感谢阿里的艰辛，感谢高原的赐福，扎西德勒！

再版后记

散文集《杜鹃声声》是我人生第一部作品，那是 1999 年石榴红艳饱满得一碰就裂口的季节，单纯、张扬、自我感觉良好，走过路过，花鸟皆知。笑声如银铃，人未到，声先至，尤其人多的场合，争着抢着表现，生怕人家不知道世界上有个叫杜文娟的女作家。21 年后的今天，再次想起那个一蹦三跳、脸上写着光洁和无知的自己，内心也是有痛的，挥之不去的忧愁是对环境的挣扎。困兽一般的我，被无形的铁链捆绑在半小时能转八圈的空间里，那是我生命的全部。

所以，就有了冲破牢笼的磅礴力量，渴望到天涯到海角，到足力不能抵达的任何疆域。阿里，这个青藏高原的高原，世界屋脊的屋脊，地球第三极，普通人需要仰望和敬畏的圣洁之地，被我拥抱，给我怜爱，成为百分之百的可能。《阿里阿里》进入我的生命，看似偶然，也算命中注定。

我在文坛肯定是没有地位和影响的，无论是现世还是生活在汉风唐韵甚浓之地，身心皆孤寂，永远也没有鲤鱼跳龙门的可能。但大国有大国重器，小民有小民自喜，如果我还有文学生涯一说，《阿里阿里》便是重要节点，之前是文学青年，之后稍微可以称为作者。直到 2020 年长篇小说《红雪莲》出版以后，被人介绍是作家的时候，忐忑和惶恐才淡然些微。

《阿里阿里》首发于《中国作家》纪实版 2012 年第 2 期头条，我在电脑上看见整本杂志封面，只有一张彩云的冈仁波齐雪峰和这阿里阿里四个大字的时候，是春节前有着晴好天气的一天，我激动得牵着先生的手，把他从客厅拉到书房，指着电脑让他看。江苏文艺出版社很快推出了单行本，随后在中国作家协会十楼会议室，召开了作品研讨会，百余家媒体对此书进行了宣传。约稿和命题作文纷至沓来。

2013 年 9 月，第一次到文学殿堂中国现代文学馆领奖，第六届《中国作家》鄂尔多斯文学奖新人奖授奖词称："《阿里阿里》以女性特有的虔诚和坚韧，记录了阿里人的命运、爱情、信仰、伤痛与灾难。忠实再现了阿里人跌宕起伏的生命韵律和惊心动魄的历史传说。"中国对外翻译有限公司同我签订了英文翻译合同，这就有了伦敦和国内两个英文版本，并参加了伦敦、美国、法兰克福国际书展，随中国图书进出口总公司"中国书架"落户多个国家。2018 年 4 月，因为此书，受哈萨克斯坦文化部邀请，访问哈国并参加了欧亚国际书展，在哈中作家论坛上做了题为"我生机盎然的祖国"的发言。同年夏季，与阿尔巴尼亚一家出版社签订了阿尔巴尼亚文出版合同，这个项目属于中国作家协会中国当代作品翻译工程，由于阿国没有加入世贸组织等原因，导致沟通不畅，进度放缓。2018 年底，忽然传来塞尔维亚文版在贝尔格莱德国际书展首发的消息，被翻译和推介的中国作品共四部，另外三部作品的作者都是我尊敬的著名作家。2020 年 5 月，西藏人民出版社推出了藏文版。其他几个语种也在推进中。

《阿里阿里》中文初版单行本其实不到原稿的一半文字，至今记得当编辑告知的时候，我非常气愤。九年的新月、晨露、青稞、松涛、海浪从我身边熠熠而过，总是被告知，有人因为读过此书而去援藏，有人读过此书而为藏区捐款捐物，有人进藏旅行，有人买了盗版书。不争的事实是，此书的评论文字远超过文本数倍，五星好评和豆瓣评分超过 8 分。这大概就是本书传递给读者、人间、世界的力量，那就是冰清玉洁的高原精神，更佩服编辑的功力和眼光。也由于这个原因，才有了这次再版。

我欢喜于为自己的作品写后记，至今已有十次，每一次都无限深情，泪眼婆娑。这一次，有更多的感激和感恩，感谢生命中有藏区经历，感谢雪域苍穹的赐福与加持，感谢把阿里故事传播到世界各地的仁爱之师们。

作者于西安子规阁

2021 年 3 月 15 日

杜文娟长篇纪实文学
《阿里阿里》
2012年首次出版于江苏文艺出版社

杜文娟
《阿里阿里》
英文版第一版的封面，2015 年。

杜文娟
《阿里阿里》
塞尔维亚文版封面，2018 年。

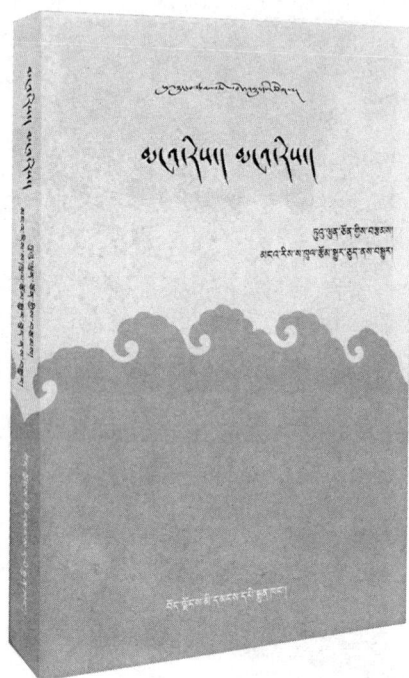

杜文娟
《阿里阿里》
藏文版封面，2020 年。